AF211403

Claudia Drink

Verflixter November

Ein Krefeld-Krimi

Lieben Dank an
Jules und Carsten, ohne die diese Neuauflage
nicht zustande gekommen wäre, und an Esther, Susanne, Samy
und alle, auf deren Rat ich zählen konnte

Neuauflage
Printed in Germany 2001
Herstellung: Books on Demand GmbH
Graphik/Umschlaggestaltung: Carsten Cimander
Erstausgabe erschienen 1997
City Anzeigenblatt Verlag GmbH, Krefeld

ISBN 3-8311-1941-4

Inhalt

Am Rande der Stadt

Mittwoch, 1.11.95

Matthias musste sich regelrecht zusammen-nehmen, um nicht fröhlich pfeifend zum Auto zu gehen, und somit Aufmerksamkeit auf sich zu ziehen. Er war froh und erleichtert wie lange nicht mehr.. Endlich hatte das Warten ein Ende. Er konnte wieder etwas tun.

Auf dem Parkplatz vor dem Studentenwohnheim an der Vennfelder Straße war es still. Kein Mensch war zu sehen. Nur noch hinter ganz wenigen Fenstern der umliegenden Häuser war noch Licht. Krefeld um 3 Uhr in der Nacht von Sonntag auf Montag.

Gut gelaunt fuhr er aus der Stadt hinaus ins Grüne. Er stellte den Wagen irgendwo ab und ging zufuß weiter. Die Novemberluft roch angenehm nach Herbst. Er trug die Säge möglichst unauffällig, obwohl es ja eigentlich egal war, da außer ein paar Kaninchen kein Lebewesen zu sehen war. Nach einer Viertelstunde Fußmarsch erreichte er sein Ziel. Sein Herz begann schneller zu schlagen. Bislang hatte er nichts Verbotenes getan, aber jetzt ... Er schüttelte verbleibende Gewissensbisse ab und versetzte sich innerlich in eine ganz andere Situation.

„Nun", fing er leise mit seinem Monolog an „beginnen wir also mit Lektion Eins!"

Müde und zufrieden betrat er anderthalb Stunden später wieder seine „Höhle", wie er seine Wohnung nannte, da seine Vormieter an die eh schon niedrige Wohnzimmerdecke dunkle Holzpaneelen angebracht hatten. Er zog sich nur noch aus und fiel dann sehr zufrieden in sein Bett.

Am nächsten Morgen stand er spät auf, duschte sich und stellte Welle Niederrhein an. Nach kurzer Zeit machte er verstimmt den CD-Player an. Es war nichts darüber im Radio gesagt worden. Ob es keiner bemerkt hatte? Ob es in den frühen Morgenstunden gesendet worden war und jetzt schon nicht mehr? „Das A und O ist, ihre Aufmerksamkeit zu gewinnen;" murmelte er seine Lehrbuchweisheiten vor sich hin, „man muß sie fesseln, dann ist der Rest ein Kinderspiel!" Mit dem festen Vorsatz, sich bei Lektion 2 noch mehr Mühe zu geben, verzog er sich in sein heimliches Arbeitszimmer.

Montag, 6.11.95

Rudolf Schmeit saß entspannt im Auto und fuhr auf der A 57 Richtung Heimat, zu seiner Frau Amelie nach Neuss. Er empfand die gleiche Mischung aus wohliger Entspannung und schlechten Gewissen wie immer, wenn er gerade von seiner Freundin in Moers kam. Diese kleine gemütliche Wohnung mit zwei schnurrenden Katzen und seiner Diana. Für seine Frau hieß es immer, er spielte einmal in der Woche mit drei Arbeitskollegen Skat.

Jetzt war es halb eins in der Nacht. Er kam gerade an Krefeld-Gartenstadt vorbei. Ein Kleinwagen war langsam vor ihm auf der rechten Spur, ansonsten war alles frei. Er zog nach links hinüber. Da! Ein kleiner Schatten huschte aus dem Gebüsch zwischen den Leitplanken! „Eine Katze!", dachte er, dann spürte er schon den Schlag, der durchs Auto ging, als er sie überfuhr. Entsetzt sah er im Rückspiegel einen leblosen Körper auf der dunklen Fahrbahn liegen. Immer hatte er gehofft, dass ihm so etwas nie geschehen würde.

Katzenerinnerungen überschlugen sich in seinem Kopf: Die zwei Katzen seiner Kindheit; die lebhaftere der beiden war eines Tages verschwunden; später fand man sie an der benachbarten Landstraße. Amelie hatte keinen Bezug zu Katzen, war sogar allergisch gegen

Katzenhaare. Gerade heute hatte sich der schnurrende Bono zu ihm und Diana aufs Bett gekuschelt.

Das Bild der überfahrenen Katze schob sich gnadenlos in den Vordergrund. Während seine Hände verkrampft das Lenkrad festhielten, wurde ihm klar, dass er so auf keinen Fall nach Hause wollte, dass der Gedanke an die schlafende Amelie, an die Stille des Hauses nicht zu ertragen war.

Er befand sich wieder auf der rechten Fahrbahnspur. Im Rückspiegel kam der Kleinwagen hinter ihm näher. Ohne Absicht musste er wohl stark vom Gas gegangen sein. Er versuchte, sich wieder mehr auf die Fahrt zu konzentrieren. Da kam er gerade an dem Schild „Autobahnraststätte Geismühle" vorbei. Ohne genau zu wissen, was er vorhatte, fuhr er ab, orientierte sich an der Tankstelle vorbei und stellte den Wagen vor der Raststätte ab. Zögernd blieb er im Auto sitzen. Ihm war nicht nach der halogenbeleuchteten, sauber-appetitlichen Imbiss-Welt, die er hinter den großen Glasscheiben ausmachen konnte. Außer einer kleinen Gruppe junger Leute waren keine Gäste da. Er wandte den Blick nach links. Hinter einem der großen LKWs konnte er die dunkle Silhouette der Mühle ausmachen. „Ja, warum eigentlich nicht aussteigen und ein paar Schritte tun?" fragte er sich, stieg aus und schloss den Wagen ab. Er ging zügig an den hellerleuchteten Fenstern vorbei und fühlte sich gleich wohler, als er den nur spärlich beleuchteten Spielplatz erreicht hatte. Sollte er auf den Hügel zur Mühle gehen? Der Hügel schien oben mit niedrigem Gestrüpp bewachsen zu sein. Er sah in die andere Richtung und erahnte im Dunkeln die kleine Autobahnkirche, die - wie ihm jetzt einfiel - auch als Symbol auf dem Autobahnschild angekündigt war. Ohne zu zögern ging er auf sie zu.

„Nur keine Aufregung, Matthias! Bleib' locker! Lass' dich auf keinen Fall stören", *redete er sich ein, während er hinter der Mühle hervorlauerte und den grauhaarigen Mann beobachtete, der Anstalten gemacht hatte, genau in seine Richtung zu kommen, nun aber auf die kleine Kirche zuging. Der Mann verschwand aus seinem Blickfeld, indem er zwischen die Windschutzmauern trat, die die Tür der Kirche begrenzen.*

Rudolf Schmeit versuchte, die Glastür des Kirchleins zu öffnen, aber sie war verschlossen. Drinnen brannte kein Licht. Er lehnte seine Stirn an das kalte Glas und blickte auf den als Relief gearbeiten modernen Altar, vor dem ein kleiner Blumenstrauß dekoriert war. Er hätte sich gerne drinnen auf eine der beiden Holzbänke gesetzt, da

11

dies aber nicht ging, blieb er einfach stehen und rang innerlich mit sich, ob ihm wohl ein kleines Gebet helfen würde oder nicht ...

Matthias wartete noch ein paar Sekunden, dann entschloss er sich, schnell weiter zu machen. Er war ja fast fertig: jede Menge Reisig, Löcher mit seinem „Zaubermittel", Benzin - alles war da. Er goss noch das Benzin auf die Reisighaufen, die der Kirche zugewandt waren. Ein ängstlicher Blick zur Kirche hin, doch dort tat sich nichts. Dann huschte er wieder auf die Flügelseite der Mühle, tastete vorsichtig nach den obersten drei Stufen der hinteren Steinstiege, zündete ein Streichholz an und warf es auf die vorbereiteten Zweige. Während die Flammen schnell heftig zu züngeln anfingen, hastete er so schnell wie möglich die Stufen hinunter, schmiss den leeren Kanister ins Auto, fuhr los und verschwand.

Nach dem Gebet fühlte er sich etwas besser. Er wandte sich dankbar von der Kirchentür ab und trat aus den schützenden Mauern hervor. Seine Augen weiteten sich vor Erstaunen, als er die Mühle auf einmal auf ganz andere Art und Weise angestrahlt sah. Im Grunde genommen wirkte das Feuer nicht sehr bedrohlich für ein steinernes Bauwerk, aber eine besonders hohe Flamme züngelte an den tief nach unten reichenden Holzbalken des Flügel-Gegengewichtes. Er lief schnell auf die eigentliche Raststätte zu und schlug Alarm.

Kurz darauf blinkte Blaulicht gegen die Fassaden der Häuser an Flora- und Hardenbergstraße. Die Straßen waren um diese Uhrzeit frei, die meisten Menschen lagen in den Betten. Es war nicht nötig, sie mit der Sirene wieder aufzuwecken. Die Feuerwehr traf nach kürzester Zeit an der Geismühle ein. Für die Feuerwehrleute sah das alles nach einem Verrückten aber auch nach vergleichsweise harmloser Routine-Arbeit aus. Menschenleben waren nicht in Gefahr. Sie staunten nicht schlecht, als an mehreren Stellen an der Mühle riesige Stichflammen aus dem Boden schossen, nachdem sie mit dem Löschen begonnen hatten. Schnell stieg man von Löschwasser auf Löschschaum um und machte dem Feuer nun bald den Garaus.

Am nächsten Morgen sprach der Moderator in den Welle-Niederrhein-Nachrichten das geheimnisvolle Feuer an der Geismühle an. Der Täter oder auch die Täter verfügten offensichtlich über Chemie-Kenntnisse, ließ die Polizei verlauten. Ansonsten fehle noch jede Spur. „Na, also!", war Matthias mit sich zufrieden, „sie müssen sich nur erst an mich gewöhnen."

Rathaus - einmal anders?

Dienstag, 7.11.95

Christiane stand nicht allzu gut gelaunt auf. Ihren Job als frisch ausgebildete Kommissarin hatte sie sich anders vorgestellt. Beim neu eingerichteten Soko 11, war sie für all das zuständig, für das sich sonst keiner zuständig fühlte. Statt spannender Ermittlungen stand nun ein Abschlussbericht auf dem Programm von einem Fall, der in Wirklichkeit keiner war. Kunden eines Supermarktes waren mit Vergiftungs-erscheinungen im Krankenhaus gelandet. Dann waren Erpresserschreiben aufgetaucht. Die Staatsanwaltschaft ermittelte gegen Unbekannt. Aber im Endeffekt handelte es sich nur um von Vorratsmotten befallene Haselnüsse. Die Geschä-digten waren durchgängig Menschen mit sehr schlechten Augen, so dass sie die Mottengespinste nicht bemerkt hatten. Und eine der Betroffenen war darüberhinaus so hoch verschuldet, dass sie meinte, eine Chance zu sehen, und Geld erpressen zu können.
Christiane blieb noch einen Moment länger am Frühstückstisch sitzen, doch dann raffte sie sich auf und lief die vier Etagen von ihrer Wohnung bis

14

ins Erdgeschoss hinunter. Sie trat auf die Rheinstraße und wandte sich nach links Richtung Dampfmühlenweg. Als sie die St.-Anton-Straße erreicht hatte, kürzte sie gleich weiter durch den Dampfmühlenweg ab, kam Ecke Ostwall aus und steuerte an der Hauptpost vorbei auf das Polizeipräsidium los.

Sie grüßte den Beamten an der Pforte im Vorbeigehen und fuhr mit dem Aufzug nach oben. Auf dem Gang fing sie gleich ihr Chef ab: „Frau Zamber, kommen sie doch bitte gleich in mein Büro, ich habe einen neuen Fall für sie!" Das ließ sie sich nicht zweimal sagen! Sie warf ihren Mantel nur über ihre Stuhllehne und trat dann in das Zimmer ihres Vorgesetzten.

Dieser fing auch gleich an: „Wir haben hier gewissermaßen einen Fall von lokalpolitischer Brisanz: Es geht um das Rathaus."

Matthias schloss an der Vennfelder Straße seine Wohnung auf, hing die lange Jacke an die Garberobe und ging ins Wohnzimmer, das durch einen Pfeiler und eine hüfthohe Mauer von der Tür zu Flur und Bad abgeschirmt war. Er ließ sich aufs Sofa sinken und rekapitulierte die vergangene Nacht.

Es war nicht schwer gewesen, sich am vergangenen Abend im Rathaus einschließen zu lassen. Er hatte ein offenes Sprechzimmer mit gemütlicher Einrichtung gefunden und darin unter dem Schreibtisch an der Wand hockend darauf gewartet, dass die Arbeitszeit bis 17.30 Uhr verstrich und die letzten Angestellten und Beamten das Gebäude verlassen hatten. Nur eine heikle Situation hatte es gegeben, als eine junge Frau mit sauberem Geschirr in den Raum trat und dieses im Schrank verstaute. Aber der Tisch mitten im Raum und der Schreibtisch deckten ihn. Es wurde ihm noch einmal mulmig, als er am Klappern eines Eimers erkannte, dass die Reinigungsfrauen da sein mussten. Sie betraten den Raum, in dem er sich befand, jedoch nicht. Um 19.00 Uhr wagte er es, die Taschenlampe anzumachen, und in ihrem Schein eins der mitgebrachten Brote zu verzehren. Eine halbe Stunde später brach er zu einer Erkundungstour durchs Rathaus auf. Aber im Grunde genommen wusste er bereits, wo er hinwollte. Durch die verschachtelten Übergänge zwischen Neu- und Altbau gelangte er in der ersten Etage in ein Stück Gang, in dem gerahmte Stadtansichten der Partnerstädte Krefelds - Venlo, Dünkirchen, Leicester - hängen. Von dort aus kam er in die Vorhalle, die - von außen betrachtet - direkt hinter dem Säulen gesäumten großen Balkon liegt. Man hatte an dieser Stelle des Gebäudes den ausladenden Platz genutzt, um zwei runde graue Marmortische und dazugehörende Lederstühle aufzustellen. Die lange, hohe Wand gegenüber den riesigen Fenstern wurde nur durch

16

zwei holzvertäfelte Türen durchbrochen. Die große kahle Fläche grinste ihn im Schein der rosanen Straßenlaternen auf dem Von-der-Leyen-Platz geradezu an.

Vorsichtig linste er aus einem der Fenster hinaus. Die so aus der Nähe betrachteten Säulen des Rathauses wirkten riesig und versperrten ihm einen Teil der Sicht. Aber in den Häusern gegenüber brannte fast überall Licht, teilweise konnte er laufende Fernseher erkennen. Blickte er geradeaus durch die nun nur noch von spärlich belaubten Bäumen gesäumte Carl-Wilhelm-Straße, erkannte er weit hinten die vielen erleuchteten Fenster des Mississippi-Dampfers am Bleichpfad. Zwischen Rathaus-Markt und Rathaus fuhren noch einige Wagen auf der St.-Anton-Straße vorbei.

In der Volkshochschule waren mehrere Räume hell erleuchtet. Offensichtlich fanden noch Vorträge und Kurse statt. Nachdenklich sah er auf die Photovoltaik-Anlage auf dem Dach der Volkshochschule. Im Frühjahr hatte er an einem Vortrag und an einer Besichtigung verschiedener Photovoltaikanlagen in Krefeld teilgenommen. Mit der Anlage auf der Volkshochschule gab es bis dahin 11 dieser Solarstromanlagen auf Krefelder Dächern. Er war sich sicher, dass in der Sonne die Stromquelle der Zukunft zu suchen war. Wenn man bedachte, dass Jahr für Jahr ungefähr das 70fache von dem, was dieBürger der Bundesrepublik als Energie verbrauchten, in Form von Sonnenenergie auf das Land hinabschien, konnte man doch eigentlich zu keinem anderen Schluss kommen! Er beschloss, bei nächster Gelegenheit noch einmal auf die Anzeigetafel im seitlichen Eingang der VHS zu sehen, die die jeweils aktuellen Werte der Solaranlage angab.

Als er sich vom Fenster abwandte, war er einen Moment lang unsicher, warum er hier war und was er hier wollte; doch dann sah er die leere Wand und alles andere war vergessen.

Er ging leise in das Sprechzimmer zurück, kontrollierte den Inhalt der zwei großen Plastiktüten, die er dabei hatte, und wartete - den Walkmanhörer auf den Ohren - noch ein paar Stunden ab.

Nun waren alle Fenster, die zum Platz hin lagen, dunkel. Er ging dennoch auf Nummer sicher und zog mühsam die schweren Vorhänge vor die Fenster. Er holte aus dem Sprechzimmer einen stabilen Stuhl, leuchtete den Raum provisorisch mit drei Taschenlampen aus, holte seine Skizze hervor und zückte die erste Spraydose.

Krapp war mit seinen Ausführungen ziemlich schnell am Ende, denn man wusste noch so gut wie nichts. Der Hausmeister hatte das riesige Graffitti entdeckt und der Polizei gemeldet. „Nun, Zamber, zeigen sie mal, was sie können!"

18

Christiane fuhr also zum Ort des Geschehens. Das Graffitti entpuppte sich als nicht gerade professionell ausgeführtes skurilles Bild. Inmitten eines Chaos von lauter sich möglichst beißenden Farben entdeckte Christiane einzelne konkrete Dinge, zum Beispiel eine riesige Raupe, die winzige Häuser zu fressen schien, Totenköpfe, Gräber, Krawatten, einen Fluß, eiförmige Gebilde. Rechts unten schien sich eine Art Emblem zu befinden, das aus verschieden langen Linien bestand. Zwei davon trafen an einer dicht gekritzelten Stelle zusammen. Dadurch waren vier mehr oder weniger offene Dreiecke entstanden. In jedem dieser Dreiecke stand eine Zahl. Von oben angefangen und im Uhrzeigersinn gelesen ergaben sie eine 8-9-7-1.

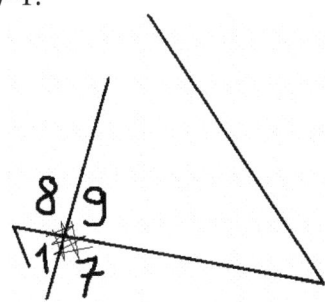

Der Vormittag verging mit der Spurensicherung und dem fotografischen Festhalten des Graffittis. Ein wenig ratlos ging Christiane in die Mittagspause. Der Täter hatte - von dem Bild abgesehen - scheinbar keine Spuren hinterlassen. Die leeren Dosen musste er mitgenommen haben. Natürlich waren überall jede Menge Fingerabdrücke, aber es war fraglich, ob die nicht alle von Besuchern, Raumpflegerinnen oder dem Bürgermeister persönlich waren.

Als Christiane das China-Restaurant betrat, in dem sie sich verabredet hatte, war Simone, ihre Freundin aus der Polizeihochschule schon da. Nach der Begrüßung und nachdem sie ihre Mittagsmenüs bestellt hatten, fingen sie automatisch an, von ihren jeweiligen Fällen zu erzählen. Als Christiane im Zusammenhang mit dem Graffitti das geheimnisvolle Zeichen erwähnte, wurde Simone munter. „Ach, das ist ja spannend! An der Geismühle war auch so ein Zeichen! Nur die Nummern waren andere."
Auf Christianes ratlosen Gesichtsausdruck hin, fing sie an, die ganze Geschichte zu erzählen. „Also, vor ungefähr einer Woche hat so ein Verrückter einen Feuerkranz um die Geismühle gelegt." „Stimmt, das habe ich doch in der Zeitung gelesen", warf Christiane ein. „Ja, genau, das stand drin. Jedenfalls muss der Freak irgendwie Ahnung von Chemie und eine Vorliebe für verblüffende Effekte haben, denn er hat zwischen den brennenden Reisighaufen Löcher mit Carbid gefüllt, woraus dann riesige Stichflammen kamen, sobald das Carbid mit dem Löschwasser in

20

Berührung gekommen ist. Im Grunde genommen trete ich mit den Ermittlungen auf der Stelle, denn es ist nicht herauszubekommen, wie er an die Chemikalien gekommen ist, und gesehen hat auch keiner was. Aber auf die Flügelseite der Mühle, das ist die, die von der Raststätte und dem Parkplatz abgewandt ist, hat er auch dieses Zeichen gesprüht."

„Und welche Zahlen standen darin?"

„Von oben gesehen? Die Sieben, die Neun und zwei Einsen." Man müßte echt wissen, was das soll!"

Der Kellner holte die leeren Suppentassen ab und servierte ihnen Reis mit Huhn. Nachdenklich fingen sie an zu essen. Jeder gingen verschiedene Fragen durch den Kopf. „Wer war dieser oder diese (?) Verrückte? Was sollten diese Aktionen für einen Zweck haben? Würden sie ihn schnappen können? Und was würde er als nächstes anstellen?"

Nach einem Nachmittag voller fruchtloser Befragungen ging Christiane schlecht gelaunt nach Hause. Der Tag war nicht besonders gut gelaufen - obwohl ihr die Sache an sich nicht uninteressant vorkam. Am liebsten hätte sie sich mit den Kopfhörern aufs Sofa geschmissen und in Ruhe über ihren neuen Fall nachgedacht. Aber jetzt hatte sie nur eine Viertelstunde Zeit, um sich umzuziehen und schnell noch das Geschenk für ihren Bruder einzupacken. Große Lust hatte sie nicht auf die Gesellschaft, die sich für gewöhnlich zu den Geburtstagen ihres dreizehn Jahre älteren Bruders einfand. Sie hatte dort noch nie ein Gespräch erlebt, das bei den Männern über Autos und Immobilien und bei den Frauen über Kindererziehung und Rezepte hinausging. Seufzend zog sie Body, Rock und Blazer aus dem Schrank und wickelte dann die Packung mit dem Aftershave in Geschenkpapier.

Sie eilte schließlich wieder die Treppen hinunter, holte ihren türkisfarbenen Twingo aus der Garage und fädelte sich mühsam von der Ausfahrt in den Verkehr an der Rheinstraße ein.

Sie nahm sich vor, sich nicht aufzuregen, und kam so einigermaßen gelassen, „Zur Eibe" in Elfrath an. Die Party in der kleinen Doppelhaushälfte war so langweilig, wie sie befürchtet hatte. Sie war froh, dass irgendwann Dennis, ihr zehnjähriger Neffe, aus seinem Zimmer herausgekommen war, und sie nun mit Fragen über ihre Arbeit löcherte. Es war zwar nicht ganz einfach, ihn von den Informationen fernzuhalten, die sie nicht weitergeben durfte, aber er war sehr aufgeweckt, und es machte ihr Spaß, mit ihm zu reden.

Irgendwann bemerkte sie durch die Bewegung in ihrem Augenwinkel, dass der Hund, ein mittelgroßer Mischling, den ihr Bruder vor zwei Jahren aus dem Tierheim am Flünnertzdyk geholt hatte, unruhig wurde. „Du, Dennis, meinst du nicht, dass Robby mal raus müßte?" Als Robby seinen Namen hörte und sich ihrer Aufmerksamkeit gewiss war, lief er zur Haustür und blickte sich auffordernd nach ihnen um. Christiane und Dennis grinsten sich an. „Komm!", meinte Christiane, „Gehen wir zusammen!" Sie sagte kurz ihrer Schwägerin bescheid, und dann verzogen sie sich nach draußen. Nach kurzer Zeit hatten sie den Anfang der kleinen Sackgasse erreicht und bogen in den Fußweg ein, der über freie Wiese zwischen Tennisanlage und Werner-Voß-Straße hindurch zu der in den 80gern entdeckten Tempelanlage führt. Sie ließen den Hund von der Leine und sahen ihm zu, wie er schwanzwedelnd einer interessanten Fährte folgte.

„Duuu?", fing Dennis eine Frage an, „Weißt du, was die hier vor zwei Wochen gemacht haben?"

„Nee, Dennis, ich glaub, das weiß ich nicht."

„Die haben hier einfach den kleinen Baum abgesägt, der doch zu dem Heiligtum da gehört hat. Ich find das *unmöglich* sowas!" Christiane grinste, den Ausdruck hatte er von seiner Mutter.

„Ja, und wer sind 'Die' ?", wollte sie von ihm wissen.

„Das weiß ja eben keiner! Das ist ja die Sauerei! Irgendwer hat das mitten in der Nacht gemacht, und am nächsten Tag hat der kleine Baum da gelegen. Dabei hat er keinem 'was getan. Und er steht auch nicht im Weg für ein neues Haus oder so. Und wir leben ja auch nicht in der dritten Welt, wo die nichts anderes fürs Herdfeuer haben, und überhaupt: Ich find das total scheiße!" Christiane warf ihm einen pädagogisch motivierten Blick zu, worauf hin er kleinlaut murmelte: „Is' doch wahr, Mensch! Kannst du nicht herausfinden, wer das gemacht hat? Ich helf dir auch dabei!"

Christiane wollte eigentlich milde abwiegeln - so nach dem Motto, dass sie sich schon an die Fälle halten müsse, die ihr zugeteilt würden, und da ginge es ja oft um schlimmere Sachen. Und außerdem habe es ja wohl in Krefeld inzwischen leider Tradition, dass heimlich über Nacht Bäume gefällt wurden, die eigentlich stehen bleiben sollten.

Obwohl es im Stadtwald und in Verberg ja immer um Bäume ging, die irgendjemandem im Weg gewesen waren. Dieser kleine Baum, der unmittelbar neben dem etwas mehr als kniehohen Fundament des germanischen Heiligtums stand, konnte niemandem im Weg sein. Wozu also das Ganze?

„Tante Christiane! Sag doch bitte, bitte 'Ja' !", drängelte Dennis.

„Wart' doch mal! Lass mich überlegen!"

Inzwischen waren sie dem Tempelfundament ein gutes Stück näher gekommen. Sie waren kurz vor dem kleinen Graben, der sich im Viereck ganz um das Heiligtum zog. Der gefällte Baum lag noch unverändert da - mit dem unteren Ende noch zwischen den Pfählen, die ihn früher einmal gestützt hatten. Die dazugehörenden Riemen schienen aber schon länger zu fehlen. Christiane kniff die Augen zusammen. An der rauhen Oberfläche der Tempelmauer direkt hinter dem Baum schien etwas mit blauer Farbe aufgesprüht zu sein. Eilig ging sie bis ganz heran. „Das gibt's doch nicht!", entfuhr es ihr. Dennis' Blicke hingen gespannt an ihrem Gesicht. „Dieses Zeichen", erklärte sie ihm und tippte mit dem Finger auf die hier krakeligen Linien, „habe ich heute schon zweimal gesehen!"

Es war sehr schwierig, hier an dieser Stelle die Zahlen zu entziffern. Sie notierte sich schließlich 0-1-3/8-0.

„Habe ich dir jetzt etwas Wichtiges gezeigt, Tante Christiane? Stimmt doch, oder?! Nimmst du mich mal mit in Dein Büro? Bitte, bitte! Ich hab' doch auch bald Geburtstag! Ich wünsch' mir das zum Geburtstag von dir!" Er sah sie verschmitzt und herausfordernd an.

„Na gut, ich werd's mir überlegen!"

Dennis sah sie mit einem Blick an, den sie ganz genau zu deuten wusste: Er überlegte gerade, ob er ihr das Versprechen abnötigen sollte. Aber es schien ihm klar zu werden, dass das wenig Zweck hatte. „Ich würde mich ganz doll darüber freuen.", brachte er schließlich als Schlusssatz, und sie ließ es dabei.

Sie ging hinüber zu der Informationstafel, die über das Heiligtum selber gar nicht so viele Auskünfte geben konnte. Er war wahrscheinlich zwischen den Jahren 50 bis 280 n. Chr. von den Cugernern, einem germanischen Stamm, nach Vorbild der römischen Tempel errichtet worden. Draußen vor den Stufen hatte ein Altar gestanden. Außer der Wurzelgrube hatte man auch Eschenblätter im Mörtel des Fundamentes als Hinweis auf eine heilige Esche gefunden. Christiane ging zu dem bereits kahlen Bäumchen zurück. Die braunen Blätter, die rund um den ehemaligen Standort des Baumes lagen, waren tatsächlich Eschenblätter. Die Sägespuren deuteten auf eine Handsäge hin. Sie blickte sich um. Sämtliche Häuser, auch das Hochhaus jenseits der B509, waren sehr weit weg. Hier hatte mitten in der Nacht bestimmt keiner etwas gemerkt.

„Dennis, weißt du noch genau, an welchem Tag du entdeckt hast, dass der Baum gefällt worden ist?!" rief sie dem mit Robby um einen Stock rangelnden Jungen zu. Der hatte dem Hund den Stock gerade entwunden und warf ihn, so weit er konnte. Robby schoss los wie eine Rakete. Dennis kam wieder zu ihr. „Ja, das war der Tag, an dem Mama ihre langweiligen Schulfreundinnen da hatte."

„Aha, danke. Ich werd' sie gleich fragen, wann genau das war." Sie überlegte kurz. „Ich würde gerne feststellen, ob sich sonst noch etwas verändert hat. Würdest du mir dabei helfen?"

„Klar."

Sie gingen zu dem Altar. Abgesehen davon, dass Hunde in seiner Nähe ihre Löcher gebuddelt hatten, war nichts zu sehen. An einer der fünf Stufen, die früher einmal zu dem Tempel hinaufgeführt hatten, stand in weißer Schrift „Gerechtigkeit". Christiane sah Dennis fragend an. „Nee, das war vorher schon." Sie nickte. Im Inneren dieser flachen Grundmauern war hinten eine Art schmale Wendeltreppe angedeutet. Davor befand sich eine größere Mulde. „Die war auch schon.", meinte Dennis sofort. Sie gingen die Stufen wieder hinab und ganz um die Mauern herum, entdeckten aber nichts Ungewöhnliches mehr.

Robby bellte leise. Er wollte, dass man ihm seinen Stock noch einmal warf. Diesmal war Christiane dran. Während der Hund loswetzte, dachte sie noch einmal darüber nach, dass sie jetzt schon drei Vergehen entdeckt hatte, die scheinbar auf das Konto derselben Person gingen. Aber außer diesem merkwürdigen Zeichen und den Zahlen, die keiner verstand, hatte sie wirklich noch nicht sehr viel.

Das änderte sich auch am nächsten Tag noch nicht. Sie kramte zwar in Akten von Sprayern herum, aber in den meisten Fällen war der Stil ein völlig anderer. Einen der Sprayer vernahm sie auch, aber es stellte sich heraus, dass er ein hieb- und stichfestes Alibi hatte. Am Ende des Mittwochs war sie keinen Schritt weiter.

Aber sie nahm das nicht so schwer, da sie sich schon vor Wochen für Donnerstag und Freitag Urlaub genommen hatte. Sie würde eine Freundin in München besuchen, die dort Medizin studierte. Am Abend packte sie ihre Reisetasche und stieg am nächsten Morgen in leiser Urlaubsstimmung in den Zug nach Düsseldorf. Am Nachmittag würde sie bei Isabell in München sein und Zeichen Zeichen sein lassen können.

Der juute Willi ...

Es war wieder einmal seine Nacht! Er schloss und tarnte sein Arbeitszimmer sorgfältig und trug seine Tasche sehr vorsichtig zum Auto. Dann fuhr er durch die leeren Straßen und parkte nach längerer Parkplatzsuche auf der Hubertusstraße. Nachdem er sich vergewissert hatte, dass ihn niemand beobachtete, stellte er vorsichtig die Uhr auf zehn Minuten und nahm die gefüllte Plastiktüte aus der Sporttasche heraus. Mit der Tüte in der Hand machte er sich nun auf den Weg zum Kaiser-Wilhelm-Museum. Auch bei „Herbst Pitt" war alles ruhig und dunkel, auf der Marktstraße war nichts los. Er bog direkt am Museum in den Karlsplatz ein und ging über die Blumenstraße weiter um das Gebäude herum. Sobald er auf den Westwall sehen konnte, stutzte er. Da stand ein Taxi! Das war so nicht geplant gewesen. Nach einem Blick auf die umliegenden Häuser zückte er zunächst einmal die kleine Spraydose, um an Ort und Stelle sein Zeichen auf den Bürgersteig zu sprühen.

Dann überlegte er kurz, was nun zu tun war. Er konnte nicht sehen, was der Taxifahrer tat, aber er war sich sicher, dass er etwas lesen würde, und so ging er das Risiko ein. Er schlich sich möglichst ohne ruckartige Bewegungen an die Statue des Kaiser Wilhelms heran und legte die Plastiktüte ab. Ein schneller Blick auf seine Armbanduhr: Er hatte noch 5 Minuten. Es half alles nichts: Der Taxifahrer musste hier weg!

Kurz entschlossen kehrte er vom Rasen auf den Bürgersteig der Blumenstraße zurück und ging energisch auf die Taxe zu. Am Erschrecken des Taxifahrers, als er die Tür öffnete, erkannte er, dass dieser nichts bemerkt hatte. „Ich möchte bitte zum Hauptbahnhof." Der ältere Mann sah ihn verdutzt an. „Ich nehme an, sie wissen, dass in Krefeld um diese Uhrzeit kein Zug mehr fährt? Und die Gaststätte hat auch noch nicht auf." „Ja, ich weiß." Er hoffte inständig, dass der Kerl nicht noch mehr Fragen stellen würde. Da ließ dieser auch schon den Diesel an, wartete die rote Ampel ab und fuhr dann geradeaus Richtung Südwall.

Gerade als sie den Bahnhof erreicht hatten und Matthias bezahlte, hörten sie einen entfernten Knall, wie von einer Explosion. Matthias schaffte es, genauso verdutzt zu gucken, wie der Fahrer, der nur murmelte „Na,na,na! Es wird ja immer doller hier!". Dann dankte er für das Trinkgeld und gab ihm das Wechselgeld heraus. Matthias ging eilig am Bahnhof vorbei und bog in die Kölner Straße ein. Über die Seyffardtstraße und den Reinartzweg gelangte er schließlich wieder nach Hause.

Für Christiane kam der Wiedereinstieg in den Alltag unerwartet plötzlich. Mitten in der Nacht wurde sie von der Zentrale aus dem Bett gerissen. „Guten Morgen Frau Zamber. Dieser Verrückte mit dem Dreieckszeichen fällt doch in ihren Bereich - oder?" Am liebsten hätte sie laut und energisch „Nein!" gesagt, aber sie brachte nur verschlafen heraus: „Ja, ich fürchte ich bin zuständig. Was ist denn los?". „Sprengladung am Kaiser-Wilhelm-Denkmal am Karlsplatz." „Na, großartig!",stöhnte Christiane, „Sagen sie bescheid, dass ich in zwanzig Minuten da bin."

Als sie am Karlsplatz ankam, war die Umgebung des Museums weitestenteils abgesperrt. Hinter etlichen Fenstern brannte nun Licht und viele neugierig-verschlafene Menschen versuchten, vom Fenster aus etwas zu erkennen.
Von der Statue des Kaiser Wilhelms war nicht viel übrig geblieben. Seine Bruchstücke lagen verstreut auf der Rasenfläche am Museum, auf der Straße und sogar in der Grünanlage vom Westwall. Der Sprengstofffachmann musste kurz vor ihr eingetroffen sein. Sie ließ ihn zunächst mal in Ruhe. Er war dafür bekannt, dass er ausgesprochen muffelig war, wenn er so unsanft aus dem Schlaf gerissen wurde. Sie wandte sich statt dessen an die anwesenden Schutzpolizisten. „Und? Gibt es irgend jemanden, der etwas beobachtet hat?"

Schulterzucken bei ihrem Gesprächspartner „Um 2.17 Uhr sind gleich mehrere Anrufe aufgrund der Explosion eingegangen. Aber soweit wir wissen, sind alle diese Menschen von dem Knall erst wach geworden."

„Hm, verstehe. Und wo haben sie sein Emblem entdeckt?"

Der junge Polizist wies auf den Bürgersteig an der Blumenstraße.

„Danke." Sie brauchte nur einen kurzen Blick darauf zu werfen, um es wieder zu erkennen. Die Zahlen lauteten diesmal 9-1-3-1. Sie notierte sie auf ihrem kleinen Block.

Nun wandte sie sich doch dem Sprengstoffexperten zu. „Kommissarin Zamber"stellte sie sich vor. Er musterte sie von oben bis unten und brummte dann „wohl gerade von der Schule gekommen! Ich glaube, wir schalten besser das BKA ein."

Christiane blieb beinahe die Luft weg! Doch dann sagte sie betont sachlich „Nein, ich glaube nicht, dass dies ein Fall für das BKA ist, es sei denn sie können mir nachweisen, dass dieser Täter, der dieses Erkennungszeichen verwendet, auch überregional oder zumindestens außerhalb von Krefeld tätig ist." Sie sah ihn herausfordernd an, doch er strafte sie mit Nichtachtung, indem er sich wieder seinen Metallsplittern zuwandte. 'Auch gut.',dachte sich Christiane,'dann eben anders.':"Und was das 'Frisch von der Schule' betrifft: Zumindestens bin ich auf dem neuesten Stand und der lautet, dass heutzutage nur noch Menschen mit Teamgeist und kommunikativen Fähigkeiten für den Polizeidienst angenommen werden!"

„Ich bin eben nicht wie ihr Laberköppe, ich bin Experte.", brummte er und ärgerte sich im nächsten Moment darüber, dass er sich in die Defensive hatte drängen lassen. Christiane aber lächelte zufrieden. „Dann sagen sie mir doch in ihrer Eigenschaft als Experte, was sie bislang herausgefunden haben!"

Froh darüber, sich vom Glatteis der Kommunikationspsychologie entfernen zu können, gab er ihr nun bereitwillig Auskunft: „Einfache, selbstgebastelte Sache, ein Feuerlöscher, der mit Schwarzpulver gefüllt war. Genaueres kann ich erst nach den Laboruntersuchungen sagen."

„O.K. Das ist ja schon mal ein Anfang. Danke." Ein Taxi fuhr im Schritttempo auf der Marktstraße vorbei; der Fahrer sah neugierig herüber. Christiane lief schnell zu ihm hin und wies sich aus. „Eine Frage: Sind sie gegen viertel nach zwei hier in der Nähe gewesen?" Der junge Mann hinterm Steuer schüttelte den Kopf. „Nee, ich hab längere Zeit an der St.Anton-Straße gestanden, hatte jetzt 'ne Fahrt zur Forstwaldstraße und wollte mich jetzt gerade hier hin stellen." Er sah sie seinerseits fragend an. „Tja, ich fürchte, das ist jetzt schlecht. Aber tun sie mir bitte einen Gefallen, und fragen sie ihre Kollegen über Funk, ob einer von ihnen zwischen zwei und halb drei hier am Museum war." Der Taxifahrer griff sofort zur Sprechtaste. „Wichtige Frage an alle: War einer von euch zwischen zwei Uhr und halb drei am Museum?" Nach kurzer Pause kam eine knarzende Antwort. „Ja, ich war da."

Christiane schaltete sich nun selber ein. „Hallo, hier Kommissarin Zamber, Polizei Krefeld, wie ist ihr Name?"

„Karl Pudeck."

„Gut, Herr Pudeck. Wo sind sie jetzt?"

„Ich stehe am Bahnhof."

„Prima. Das ist ja nicht so weit. Bitte kommen sie sofort zum Karlsplatz."

„Juut, wenn's sein muss. Bis gleich."

Herr Pudeck traf wenige Minuten später ein und hielt ebenfalls an der Marktstraße. Er stieg aus und ging unter der Absperrung hindurch, nachdem er dem Streifenpolisten gesagt hatte, dass er zur Frau Kommissarin wolle.

„Du lieber Schwan!",meinte er, als er die Überreste des 'juten Willis' sah und Christiane auf ihn zutrat, „Das war's also, was ich vorhin gehört habe!"

„Zamber.", streckte ihm Christiane die Hand hin. „Jetzt erzählen sie mir am besten mal alles, was sie ab 2.00 Uhr gesehen und gehört haben."

34

Als Herr Pudeck fertig war, hatte Christiane die Beschreibung eines Verdächtigen. Leider schien es sich um einen „Allerweltsmenschen" zu handeln, von dem es in Krefeld vermutlich hunderte gab. Normal groß, Mitte bis Ende zwanzig, dunkle Haare, normaler Herrenschnitt, ebenmäßiges Gesicht, abgewetzte, braune Wildlederjacke.

Aber immerhin, es war mehr als nichts, man konnte diese Beschreibung an die Lokalpresse geben.

Es war inzwischen vier Uhr morgens, Christiane hatte durchaus das Bedürfnis, sich noch einmal ein paar Stunden Schlaf zu gönnen. Obwohl die Nacht für November gar nicht so kalt war, fröstelte sie. Sie gab den Tatort zum Aufräumen frei und stieg wieder in ihren Twingo.

Natürlich lag sie dann zuhause noch eine Stunde wach, bevor sie einschlief, aber der entscheidende Geistesblitz, falls dieser Fall überhaupt mit einem solchen zu lösen war, kam ihr nicht.

Die nächsten Tage vergingen mit der Kontrolle von Hinweisen aus der Bevölkerung, die jedoch alle nichts erbrachten. Die meisten Beobachtungen waren tagsüber gemacht worden und die entsprechenden Personen hatten für mindestens eine der betreffenden Nächte ein komplettes Alibi. Bei manchen Hinweisen konnte man daran fühlen, dass es nur darum ging, dem angeblich

Verdächtigen eins auszuwischen. Es war, alles in allem, eine ziemlich unerfreuliche Arbeit.

Von Trutz kam die Nachricht, dass das verwendete Schwarzpulver wahrscheinlich von einem Hobbychemiker selber zusammengestellt worden war, auf jeden Fall nicht industriell gefertigt war. Bei keinem der auch nur annähernd Verdächtigen entdeckten sie in Garage oder Keller irgendetwas, das nach chemischen Basteleien aussah. Sie tappte wahrlich noch immer im Dunkeln.

Das einzig Erfreuliche war, dass Simone und Christiane ihre Vorgesetzten davon überzeugen konnten, dass sie hinter ein und demselben Mann her waren, und deshalb nun mit offizieller Genehmigung als Team arbeiten durften. Durch das gute Gefühl, mit einer Freundin zusammen zu arbeiten, und durch die viele Arbeit ging die Woche schnell herum.

Freitag mittag, als sie sich verabschiedeten, meinte Christiane zu Simone: „Du, mir ist nicht ganz wohl dabei, dass wir ihn noch nicht haben. Mir kommt es so vor, als würde er immer hemmungsloser werden. Erst war er ganz weit außerhalb der Stadt, erst der Baum, dann die Mühle - Menschen jeweils ziemlich weit entfernt. Dann kam er mit dem Rathaus mitten in die Stadt. Allerdings konnte er mit dem Graffitti keinem Menschen gefährlich werden. Doch nun hat er inmitten von Wohngebiet mit Sprengstoff angefangen. Mag sein, dass er den Taxifahrer bewusst in Sicherheit gebracht hat - trotzdem hätte ein ahnungsloser Mensch vorbeikommen können in den fünf Minuten, bevor der Sprengsatz hochging!" Simone nickte, „Ich weiß, was du meinst. Mir geht es genauso. Wenn ich wüsste, wie wir an den Burschen rankämen, dann würde ich jetzt das Wochenende durcharbeiten. Aber ich weiß es nicht. Er scheint zu gut zu sein. Also, versuchen wir, abzuschalten, und nächste Woche mit neuem Schwung weiterzumachen! O.K.?" „O.K.! Bis montag dann, Simone!" „Ja, ciao, mach's gut!"

Galoppsprünge

Samstag, 18.11.1995, 18.00 Uhr

Matthias hatte mitbekommen, dass er gesucht wurde, und ließ sich nun einen kurzen Bart stehen. Er hatte ziemliche Ängste ausgestanden, als er in der Nacht nach der Sprengung der Statue in der Hubertusstraße sein Auto abgeholt hatte. Aber er hatte wohl doch noch einmal Glück gehabt! Jetzt saß er an seinem Schreibtisch und schrieb wieder einmal an die Zeitung. Es gab so vieles, was er erklären musste.

Als er den Brief fertig hatte, nahm er ihn sorgsam mit in sein Arbeitszimmer. Er überprüfte noch einmal die Utensilien für die Nacht, dann gönnte er sich noch ein paar Stunden vor dem Fernseher.

Um 1 Uhr 30 packte er seinen Rucksack und ging hinunter ans Auto. Diesmal hatte er einen Parkplatz vor der Tür gefunden, so dass er nicht bis zum Parkplatz am Studentenwohnheim laufen musste. Gut gelaunt ließ er den Wagen an und machte sich auf den Weg quer durch die Stadt. Über den Ostwall kam er zur Moerser Straße, ließ Ricarda-Huch-Gymnasium und Haus Blumenthal mit neuem Odeon links liegen, wartete am Moerser Platz an der roten Ampel, kam am

Grafschaftsplatz vorbei, und bog auch gleich dahinter in die Husarenallee ein. Auf den Parkplätzen entlang des Stadtwaldes an der Hüttenallee herrschte gähnende Leere. Er fuhr ganz weit an ihnen vorbei, bis er im Licht der Straßenbeleuchtung das gelbe Atelierhaus entdeckte, das schon fast direkt an der Rennbahn steht.

Hier parkte er. Er ging den breiten Weg neben dem Haus hinein und stand bald vor dem Tor, das sich am Anfang des Weges befindet, der zum Golfclub führt. Er nahm jedoch lieber den Weg zwischen den Bäumen, den er in den letzten Tagen bei Tageslicht ausprobiert hatte. Er ging links von dem Tor auf dem Waldweg weiter, wobei er sich mit der kleinen Taschenlampe den Weg leuchtete. Ab und an ließ er den Lichtstrahl über den mit Stacheldraht gekrönten Maschendraht rechts von ihm huschen. Nach fünf Minuten hatte er die richtige Stelle erreicht.

Der Zaun war hier bereits von anderen komplett niedergetreten worden. Er musste sich nur vier Meter über Laub und stachelige Brombeerbüsche kämpfen, dann konnte er das Gelände der Rennbahn unauffällig betreten.

Er überquerte den Fahrweg, der zum Golfclub führte. Von den dort aufgestellten Schildern ließ er sich nicht verwirren. Er hatte sie tagsüber, wenn man hier einfach reingehen konnte, gelesen: „Zutritt für Unbefugte verboten -

LEBENSGEFAHR durch fliegende Bälle!". Nun, es war nicht anzunehmen das jetzt, mitten in der Nacht noch ein Golfer auf der Rennbahn sein „Unwesen" trieb... Matthias stieg über die erste niedrige Hecke, lief über den hellen Sand, stieg über die zweite kleine Hecke und hockte sich in ihrem Schutz nieder. Er blickte zu den Gebäuden hinüber, dort konnte er einen langen Flachbau und das Golfclubhaus erkennen, danach kamen die zwei offenen Tribünen und schließlich die gläserne VIP-Lounge, worunter sich nun das neue Restaurant befand. Im Clubhaus, das ihm ja mit am nächsten war, schien sich noch etwas zu tun. Nun ja, es war Samstagnacht ... Der Rest war ruhig.

Flink, aber sicher, machte er sich an die Arbeit. Dummerweise musste er die Handschuhe dafür ausziehen. Es war doch inzwischen ziemlich kalt geworden. Er musste an mehreren Stellen unten an der kleinen Hecke herumhantieren. Immer, wenn er mit einem Abschnitt fertig war, hauchte er sich kräftig in die vor Kälte schmerzenden Hände.

Irgendwann wurde hinten am Clubhaus ein Wagen angelassen. Matthias kauerte dicht hinter der Hecke. Der Wagen setzte zurück und kam den Weg entlang gefahren. Matthias entdeckte zu spät, dass es sich um einen Jeep handelte.

Caroline saß hinten im Geländewagen ihrer Eltern. Die Feier im Clubhaus war doch tatsächlich ganz nett gewesen. Da war diese neu eingetretene Familie mit einem 18jährigen und seiner 16jährigen Schwester, die vom Alter her ganz gut zu ihr passten. Sie hatten sich prima unterhalten. Caroline fühlte sich ein bißchen beschwipst und stellte fest, dass ihr dieser Stefan nicht mehr aus dem Kopf ging. Verträumt sah sie aus dem Seitenfenster auf die leere Rennbahn. Kurz vor der Kurve war ihr, als hätte sie aus ihrer erhöhten Position heraus hinter der zweiten kleinen Hecke einen Mann kauern sehen. „Caro, was hältst du eigentlich von diesem Stefan? Du hast dich doch den ganzen Abend mit ihm unterhalten. Meiers meinten, er sei auf dem Gymnasium so furchtbar unmotiviert.", fing ihre Mutter ein Gespräch an. Caroline stöhnte innerlich auf und begann automatisch „ihren" netten Stefan lebhaft in Schutz zu nehmen. Den Schatten hinter der Hecke hatte sie schon vergessen.

Matthias gefiel es nicht, dass ausgerechnet so ein „hochbeiniges" Gefährt vorbeigekommen war. Aber eigentlich blieb ihm nichts anderes übrig, als sein Werk zuende zu bringen. Nach etwa 40 Minuten hatte er es geschafft. Er überprüfte noch einmal, ob auch alle Stellen gut mit Laub getarnt waren. Schließlich holte er den kleinen Holzstab aus seinem Rucksack und stach ihn unauffällig in die Erde.

Alles war für morgen vorbereitet. Er verwischte seine Fußspuren auf dem Sand mit einem Reisigbüschel, huschte wieder über Weg und Zaun und war fort.

Sonntag, 19. November, 12.00 Uhr

Nun stand sein nächster Einsatz an. Er näherte sich, in seiner anderen Winterjacke und mit dickem Schal eingemummt, dem Kassenhäuschen an der Rennbahn. Heute fand das letzte Rennen des Jahres auf der Krefelder Galopprennbahn statt. Nachdem er eine Karte hatte und sich auf dem Gelände der Rennbahn befand, studierte er sorgfältig die angekündigten Rennen: Da war zunächst der „Krefelder Amazonen-Preis", bei dem verschiedene Amateur-Reiterinnen ihr Können über 2100 m unter Beweis stellen sollten. An zweiter und vierter Stelle standen jeweils Rennen über 2200 m, für die ein Krefelder Tiefbau-Unternehmen jeweils 8000,- Siegprämie ausgesetzt hatte. Dazwischen lag der Preis von Niep mit 9.400,- DM für einen Sieg über 1200 m. An fünfter Stelle gab es einen Preis der Piköre, der mit jeweils 10.000,- DM erbrachte für 1300 m. Als sechstes kam das teuerste Rennen mit 100.000,-DM, es schimpfte sich das Krefelder

Jagdrennen und ging über stolze 3500 m. Es sollte das Nobility Rennen mit einer Prämie von 8.000,- DM für 1400 m folgen, dann kam der Preis von Zoppenbroich mit der krummen Summe von 15.300,- DM für 1700 m ... - Nach kurzem Abwägen hatte er sich entschieden. Er sah auf die Uhr und berechnete, dass er noch über zwei Stunden Zeit hatte.

In dieser Zeit setzte er sich unauffällig ganz oben auf eine der offenen Tribünen. Er beobachtete scheinbar interessiert, wie beim „Amazonen-Preis" „Latif" vor „Fire King" und „Red Shark" durchs Ziel ging. Teilweise las er in der Wettzeitung und notierte sich, auf welches Pferd er gewettet hätte, wenn er zu einer der unzähligen Wettkassen gegangen wäre. Er lag immer zielsicher völlig daneben. Gegen 13.00 Uhr gewann ein Pferd namens Smeyli unter dem Krefelder Jockey Peter Schiergen, der, wie er einem Gespräch vor ihm sitzender Fachleute entnahm, sich anschickte einen Europarekord aus dem Jahre 1949 zu brechen, da er nun schon 253mal in diesem Jahr den ersten Platz belegt hatte. Eine halbe Stunde später gewann ein Pferd mit dem umwelttauglichen Namen „Greenpeace" den Preis von Niep.

Matthias fühlte sich irgendwie fremd in dieser ganzen Atmosphäre. Er stellte fest, dass seine Augen bei den Rennen die wichtigen Dinge nicht mitbekamen, alles ging so schnell, und dann kam schon wieder eine neue Wartezeit.

Endlich war es 14.00 Uhr. Er entfernte sich von der Rennbahn und ging im Stadtwald in die Richtung der Stelle, wo er nachts über den Zaun gestiegen war. Auch, wenn er von hier aus von der Rennfläche nicht viel sehen konnte, so konnte er doch den Kameramann auf seinem Hochsitz sehen und an dessen Kameraschwenk erkennen, dass die Pferde im ersten „Preis der Piköre" gestartet waren und nun jeden Moment die entscheidende Kurve erreichen mussten. Er hielt die Fernsteuerung bereits innerhalb der Jackentasche in der Hand und hatte den Daumen auf dem Auslöser. Da, das erste Pferd! Er zögerte noch den Bruchteil einer Sekunde, dann drückte er den Knopf. Auf der Rennstrecke gingen mit ohrenbetäubendem Getöse die kleinen Sprengsätze hoch. Pferde scheuten, Jockeys kämpften, um wieder die Kontrolle zu erlangen. Das Pferd am Anfang konnte seinen Vorsprung als Fluchtreaktion ausbauen, die anderen waren völlig aus dem Tritt. Einer der Reiter musste gestürzt sein, denn eines der Pferde lief reiterlos weiter. Das Chaos war perfekt.

Matthias zwang sich, wie ein typischer Gaffer stehen zu bleiben, bis er die Tiere aus den Augen verloren hatte, dann machte er sich so schnell wie möglich davon.

44

Zuschauer und Veranstalter des Rennens waren erschüttert! Wie konnte so etwas möglich sein?!

Der gestürzte Jockey stand auf und hielt sich die Hand. Wie sich später herausstellte, hatte er Glück im Unglück gehabt und sich die Hand lediglich verstaucht. Man rief die Polizei, und die Beamten fingen an, die Hecke zu untersuchen, aus der nach Aussage der aufgebrachten Jockeys die Explosionen gekommen waren. Ziemlich schnell stieß man auf das mit einer Pappe bestückte Holzspießchen, auf dem das nun schon allen Beamten bekannte Emblem zu sehen war. Diesmal trug es die Zahlen 9-7-4-1.

Während der Ansager auf der Rennbahn den Zuschauern einen Aufschub des mit Spannung erwarteten Jagdrennens mitteilte, machte sich die Polizeizentrale auf die telefonische Suche nach Kommissarin Zamber.

Sobald feststand, dass die Sprengsätze mit einem schwachen Fernzünder gezündet worden waren und der Täter somit in der Nähe gewesen sein musste, gab Christiane wieder einen Zeugenaufruf an die Presse. Doch vorerst meldete sich niemand darauf.

Am Montagmorgen saßen Simone und Christiane im Büro und beschlossen, die Anschlagsserie nun mal ganz systematisch zu betrachten. Sie hingen ein Schild „Bitte nicht stören" an die Tür zum Büro und trugen gemeinsam die Fakten zusammen.

„Verdammt, der Kerl muss doch noch ein anderes Motiv haben, außer eine eh' schon durch Finanzkrisen gebeutelte Stadt in Unruhe zu bringen!" bemerkte Simone.

„Machen wir eine Art Brainstorming!", schlug Christiane vor. „Was könnte jemanden bewegen, sich an einem steinalten, germanischen Heiligtum zu vergehen?"

„Religiöser, ähm, christlicher Fanatismus!" sprudelte es aus Simone hervor. Christiane notierte es.

„Die Geismühle an der Autobahn?" „Protest gegen den Umweltschädling Auto?" Christiane schrieb es auf.

„Danach war das Rathaus dran. - Politischer Protest? Ohne Bekennerbrief? Naja, ich schreib's einfach mal dazu ..."

Simone führte die Frageliste fort: „Der Kaiser Wilhelm am Museum?" „Kunstkritik. Ablehnung von durch Taubendreck verschandelte Statuen ?" Christiane musste selber Grinsen.

„Ich schlage vor: Politische Ablehnung von zu großem Nationalbewußtsein und undemokratischen Regierungsformen.", ergänzte Simone.

„Die Rennbahn?" Sie sahen sich eine Zeitlang ratlos an. „Gegen die Wettleidenschaft! Gegen die kommerzielle Ausbeutung von lebenden Tieren!"

„Ja, klasse, Simone, indem man diese Tiere durch Sprengladungen in Gefahr bringt?" Simone zuckte die Schultern, „Entweder der Typ protestiert gegen so ziemlich alles, oder er ist noch verrückter als wir dachten..."

Das Telefon riss sie aus ihren Gedanken. Die Zentrale stellte ein junges Mädchen durch, die angab, dass sie etwas beobachtet hatte. Simone vereinbarte einen Termin für 12.00 Uhr mit ihr, da sie dann eine Freistunde vom Unterricht hatte.

Es stellte sich heraus, dass diese Schülerin auf der nahen kleinen Wiese im Stadtwald ihren Hund ausgeführt hatte. Sie hatte einen Mann in grüner Winterjacke, mit dunkler Jeans und Stoppelbart beobachtet, der vom Weg aus auf die Rennbahn sah, während das Unglück geschah. Als sie ihn noch konkreter beschreiben sollte, meinte sie: „Na, das war halt irgendwie so 'n „Lehrer-Typ"".

Christiane und Simone warfen sich einen vielsagenden Blick zu, der ihre Einigkeit über die Unbrauchbarkeit von Zeugenaussagen in Punkto genauer Beobachtung klarstellte. Doch sie bedankten sich bei der Jugendlichen und lobten sie für die Gewissenhaftigkeit, sich bei der Polizei gemeldet zu haben.

Weil die Lösung des Falles nun doch endlich vorangehen mußte, wie auch Krapp noch einmal sehr deutlich gemacht hatte, war nur eine kurze

Mittagspause in der Kantine drin. Kurz vorher trudelten mehrere Blätter Faxpapier bei Simone ein. Sie kamen von „Udo von der WZ". Er hätte schon lange gerne etwas mit ihr angefangen. Doch Simone hielt ihn immer auf Abstand mit der Begründung, dass sich eine Beziehung zwischen Polizei und Presse zu schwierig und nie richtig privat gestalten würde. Doch er gab nicht auf und schickte ihr regelmäßig Briefe oder Faxe aus der Redaktion. Simone nahm die Blätter einigermaßen achtlos von ihrem Kollegen entgegen und nahm sie mit in die Kantine. Der Hunger ging ihr im Moment vor.

Nachdem sie ihre Tabletts zum Tisch balanciert hatten, schmatzte Christiane: „Jetzt guck doch mal rein, was er dir schreibt, dein Udo!" Simone warf ihr für das „dein" einen bösen Blick zu, holte aber die dünnen Papiere aus ihrem Blazer heraus.

Auf dem ersten Blatt hatte Udo handschriftlich geschrieben: „Liebe Simone, du hast doch wahrscheinlich mit diesen verrückten Anschlägen zu tun. Mir ist aufgefallen, dass wir, ungefähr seitdem sie angefangen haben, so merkwürdige Leserbriefe erhalten. Die meisten anderen Leserbriefschreiber nutzen die Zeitung dazu, mal so richtig ihre eigene Meinung zu sagen. Aber dieser hier ... Naja, lies selbst! Hier liegen dir die unveröffentlichten, weil ungekürzten Fassungen

48

vor. Vielleicht ist eine Beziehung zwischen Polizei und Presse ja diesmal endlich von Nutzen...? Würde dich gerne am Samstag zum Essen einladen! Rufe dich noch an! Dein Udo"

Simone schnaufte und legte die Papiere weg, um sich ihrem Essen zuzuwenden. „Der gibt wohl nie auf!" „Nana, Simone! Zum Glück ist jetzt kein Mann dabei! Nicht so unprofessionell gefühls-duselig! Es geht doch um unseren Fall!" Cristiane zog die Faxpapiere zu sich rüber.

„Aha," fuhr sie dann fort, „Ein Hugo Wipp, Wilmendyk 78, ist das." Sie schob sich noch eine Gabel Hühnerfrikassee in den Mund und beugte sich dann über den ersten Leserbrief. Udo hatte handschriftlich das Eingangsdatum darauf notiert, es war der 2.11. . Aus dem Leserbrief ging her-vor, dass sich Herr Wipp bei einem Spaziergang offensichtlich über den gefällten Baum geärgert hatte. Dann schwenkte der Brief jedoch um und berichtete von den Lebensgewohnheiten der alten Germanen.

Der zweite Leserbrief handelte von der Geschichte der Geismühle, die um das Jahr 1300 als Wehrturm der Burg Linn errichtet worden war und später bis 1798 Bannmühle war, das heißt, dass die Bauern des Amtes Linn genau diese Mühle benutzen mußten und keine andere nehmen durften.

Christiane schluckte einen Bissen hinunter und sah zu Simone auf. „Der hat eine Vorliebe für Geschichte, hm?" Simone schwieg.

Der nächste Brief war am 7.11. eingegangen und begann mit der Errichtung des Rathauses als Stadtschloß der Familie Von der Leyen im Jahr 1791 und fuhr fort mit den allgemeinen Veränderungen durch die industrielle Revolution.

Der Brief, bei dessen Lektüre Christiane bei ihrem Vanille-Joghurt angelangt war, beschäftigte sich zunächst mit den Querelen, die einstige Stadtväter vor dem Bau des Kaiser-Wilhelm-Museums auf dem einstmals ausladenden Karlsplatz ausfochten. Dann wurde schnell noch das „Zeitalter der Nationalstaaten" abgehandelt. Christiane schob ihrer Freundin die drei ersten Blätter rüber: „Hier! Lies doch auch mal!" Simone fing widerwillig an zu lesen, aber ihr Gesichtsausdruck wurde immer interessierter.

„Mensch, Chris, das isses! Kein religiöser Fanatismus, kein Öko-Rebell! Bauwerke, die mit Geschichte zu tun haben, das ist die Verbindung!" Christiane grinste „Sag ich doch! Und dein Udo ist ein Schatz!" Simone versuchte noch einmal, ein böses Gesicht zu machen, aber es wollte ihr nicht gelingen!

Christiane warf noch einen Blick auf das letzte Blatt. Darin ging es um die Eröffnung der Krefelder Galopprennbahn im Stadtwald im Jahre 1913, kurz vor dem 1.Weltkrieg. Mit 'apropos

Pferd' schlug Herr Wipp einen Bogen zum Husarendenkmal am Grafschaftsplatz und somit zum Husarenregiment Nr.11, das von Krefeld aus im Jahre 1914 aus Anlass der Mobilmachung ausrückte. Schließlich kam er auf die weltpolitischen Umstände zu sprechen, die zum Ausbruch des ersten Weltkrieges geführt hatten ...

„Weißt du, was mir auffällt?," meinte Simone, der Christiane eine kurze Zusammenfassung vorgelesen hatte, „Dieser Herr Wipp ist verdammt schnell mit seinen Briefen. Gestern, am Sonntag sind die Sprengkörper hochgegangen. Erfahren konnte man's nur, indem man vor Ort war oder später Welle Niederrhein gehört hat. Heute ist der Brief schon in der Zeitungsredaktion angekommen. Es gibt nur zwei Möglichkeiten, entweder Wipp bringt die Briefe persönlich hin, oder er wusste schon vorher, was passieren würde! Ich denke, er hängt mit drin!" Christiane nickte.

Sie waren mit dem Essen fertig. „Also, auf zum Wilmendyk!" Voller Elan stiegen sie in Simones Dienstwagen und fuhren los. Als sie am Wilmendyk nach der Hausnummer suchten, fiel ihnen auf, dass die Nr.78 ein Haus mit zum Altenheim gehörenden Altenwohnungen ist.

Sie trafen Herrn Wipp auch an. Er bat sie in sein kleines Appartment mit Bad und Kochnische hinein, wobei er sich selber vor ihnen her tastete.

Er war bereits 90 Jahre alt und so gut wie blind. Er konnte keine Zeitungen mehr lesen und wirkte auch ziemlich vergesslich. Nein, mit Geschichte habe er zeit seines Lebens wenig am Hut gehabt, er sei Schreiner gewesen, aber ein sehr guter!

Christiane las ihm probeweise einen Teil des ersten Briefes vor. Er bestritt heftig, diese Zeilen geschrieben zu haben, und er hatte auch niemanden beauftragt, das für ihn zu tun. Man merkte ihm an, dass er sehr verunsichert und verwirrt war, wegen dieser Fragen, die ihm von zwei jungen Kommissarinnen gestellt wurden. Aber sie beruhigten ihn wieder und verabschiedeten sich, denn sie glaubten ihm einfach. Der wahre Täter hatte sich einfach einen Namen und eine Adresse aus dem Telefonbuch gesucht und diese dann als Absender angegeben. Wie hatten sie so naiv sein können, dass sich der Fall nun so einfach lösen sollte!

Als sie wieder im Büro waren, galt es, einen neuen Anknüpfungspunkt zu finden.

„Also, was wissen wir von ihm?", fing Christiane an.

„Er versteht was von Chemie und aller Wahrscheinlichkeit nach auch etwas von Geschichte. Und wir haben eine etwas ungenaue Personenbeschreibung.", antwortete Simone.

Christiane kam eine Idee: „Nein! Ich glaube, wir haben eine intuitiv total richtige Personenbeschreibung!" Triumphierend machte sie eine kleine Pause ... „Er ist Lehrer! Lehrer mit den Fächern Geschichte und Chemie!"

Ermittlungen

Es stellte sich heraus, dass es an allen Krefelder Haupt-, Real-, Gesamt- und Berufsschulen und an den Gymnasien gar nicht sehr viele Lehrer mit dieser Fächerkombination gab. Vor allem aber gab es kaum Lehrer unter einem Alter von vierzig. Die Beschreibung traf tatsächlich nur auf einen einzigen wirklich zu, dieser aber hatte für drei der Nächte ein hieb- und stichfestes Alibi. Er wohnte in einer WG und hatte ausgesprochene Nachteulen als Mitbewohner, die sein Weggehen auf jeden Fall bemerkt hätten.

Simone und Christiane stellten am Donnerstag resigniert fest, dass sie immer noch nicht weiter waren. Das Zusammenarbeiten mit ihrem Chef gestaltete sich dadurch auch nicht gerade einfacher.

„Also, was jetzt?", stöhnte Christiane.
Diesmal war Simone nicht um die Antwort verlegen: „Ein Lehrer, der keine Stelle bekommen hat! Wir müssen die Unterlagen der Unis einsehen. Wo kann man hier in der Gegend auf Lehramt studieren? -In Duisburg?- Ja, ich glaub' schon. Wie sieht es mit Düsseldorf aus?"
Christiane überlegte: „Weiß nicht, kann man aber ja rauskriegen."

54

„Ich denke, darauf sollten wir uns erst einmal beschränken. Zur Not müssen wir später die Uni in Essen hinzunehmen ... Na los, raus aus dem Drehstuhl!"

Christiane rappelte sich aus ihrer schlappen Haltung hoch: „Eye, Eye, Sir!"

Auch die Ausbeute aus den Studentensekretariaten der Unis war geringer als befürchtet, da sie sich absichtlich auf diejenigen Studenten, Studienabbrecher und examierte Lehrer beschränkten, die ihren Wohnsitz in Krefeld angegeben hatten. Der Täter schien ihnen so sehr auf Krefeld fixiert, dass sie diese Einschränkung für gerechtfertigt hielten.

Es kamen drei Adressen dabei heraus, denen sie einen Besuch abstatten wollten. Inzwischen war es allerdings Freitag und sie hätten eigentlich Dienstschluss gehabt.

Sie beschlossen, zu Krapp zu gehen.

„Gut", sagte dieser, „Sie vermuten also, dass der Täter ein ausgeprägtes Geschichtsbewusstsein hat. Möglich wäre es ja ..."

Er begann, die zwei Kommissarinnen zu vergessen und glitt in lautes Nachdenken hinein: „Trotzdem, heikle Sache, die Lehramtsstudenten und arbeitslosen Lehrer ...", er blickte auf die drei Personen zählende Liste, die bei ihren Recherchen herausgekommen war, „...aufgrund dieses Verdachtes, einem Verhör zu unterziehen oder gar einen Durchsuchungsbefehl zu erwirken. Es ist zu befürchten, dass er wieder zuschlägt. Aber es scheinen uns die Hände gebunden zu sein ."

Er blickte auf, und sein Tonfall wurde wieder entschlossener. „Statten sie den drei Personen höfliche Besuche ab, wenn sie sie antreffen. Wenn sie keine Anhaltspunkte finden ... , dann schönes Wochenende!"

Christiane und Simone wünschten das gleiche und wandten sich zum Gehen, als ihm noch etwas einfiel.

„Moment noch, von den geschichtlichen Ereignissen her wäre doch als Nächstes der zweite Weltkrieg dran - oder? Wenn ihnen einfällt, was er als Nächstes zerstören könnte, sagen sie doch bitte den Kollegen der Schutzpolizei bescheid!"

Die zwei Freundinnen verließen das Büro ihres Chefs etwas beschämt, da sie nicht selber auf die Idee gekommen waren, sich die nächste „Geschichtsstunde" auszumalen. Schweigend gingen sie zum Wagen, um die drei Personen auf ihrer Liste aufzusuchen.

„Zuerst zur Blumentalstraße?", fragte Simone.

„Ja, ist am nächsten.", nickte Christiane, während sie den Wagen aufschloss.

Detlef Haferfeld öffnete ihnen mit roten Wangen die Tür, eine graue Jacke hielt er noch auf dem Arm. Die Beschreibung passte auf ihn, bis auf die Tatsache, dass er eine Brille trug. Aber was will das schon heißen im „Zeitalter" der Kontaktlinsen! Er ließ sie herein. „Ja, ich bin gerade erst von der Arbeit gekommen."

Es stellte sich heraus, dass er zunächst seit dem Examen arbeitslos war und nun einen Zeitarbeitsvertrag bei der Post als Briefträger abgeschlossen hatte. Er klang niedergeschlagen, weil er in seinem eigentlichen Beruf noch keine Stelle gefunden hatte, aber er gestand auch den Fehler ein, dass er sich nicht von Anfang an auch in anderen Bundesländern beworben hatte.

Ein Alibi hatte er für keine der Nächte! Er wohnte alleine in dem kleinen Appartment mit Blick auf das DGB-Gebäude und hatte nach seiner Aussage zwischen 1.00 und 3.00 Uhr nachts immer geschlafen, da er doch so früh wieder raus müsse. Er sagte aus, dass er keine Garage, keinen Kellerraum oder Ähnliches angemietet habe. Nach kurzem Zögern zeigte er ihnen auch seine Winterjacken. Es war keine Lederjacke darunter, nur eine hellbeige Sportjacke.

Mit gemischten Gefühlen verließen die zwei Frauen das Appartment wieder. Sie konnten ihn weder von der Verdächtigenliste streichen, noch hatten sie erhärtende Hinweise gefunden. Es blieb ihnen nichts anderes übrig, als zur nächsten Adresse zu fahren: Südstraße.

Unterwegs tauschten sie ihren Eindruck von Haferfeld aus. „Ich kann mir schwer vorstellen, dass er es ist.", meinte Simone, „aber sicher ist man sich ja bei den Durchgedrehten nie." Christiane konzentrierte sich auf den Verkehr, nickte aber zustimmend. Ihr war es ähnlich ergangen.

Auch Jörg Abber ließ sie mit erstauntem Gesicht herein. „Die Beschreibung passt hundertpro.", dachte Christiane gleich im ersten Moment. Sie traten ein. Seine kleine Wohnung wirkte sehr edel, weil sie mit Parkett ausgelegt war, allerdings deutete der Rest der Einrichtung doch eher auf einen Studenten ohne größeres Einkommen hin. Die Möbelstücke wirkten wie ein Sammelsurium vom Trödel, die offene Küchenzeile war mit jeder Menge Bretter bestückt, die als Regale dienten. In der Ecke stand noch ein Schreibtisch aus Tischböcken und einem Brett, der voll belegt war mit Büchern und Papieren. Dazwischen war ein schon ziemlich alter Computer, ein riesiger Kasten mit kleinem Bildschirm, auszumachen.
Simone warf einen Blick aus der Nähe auf den Schreibtisch. Eines der aufgeschlagenen Bücher zeigte ein Farbfoto, das unschwer zu erkennen

war: Es zeigte eine Opferzeremonie und war vom Stil her gleich als eine altägyptische Abbildung zu erkennen. Auch die anderen Überschriften, die Simone auf die Schnelle erkennen konnte, handelten von Themen aus der Zeit der Pharaonen.

Auf die betroffenen Nächte angesprochen, gab Herr Abber an, dass er für die Nächte vom 6. auf den 7.11. (Rathaus) und vom 13. auf den 14.11. (Museum) ein Alibi hatte. Am 2.11. hatte er eine Reise nach Ägypten angetreten, von der er am 18.11. zurückgekehrt war. Er konnte die Flugtickets vorweisen und kramte eine Weile in den Fotos, die er gemacht hatte. Die meisten zeigten immer nur Pyramiden und keine Menschen, geschweige denn ihn selbst, da er ja aus wissenschaftlichen Gründen dort gewesen war. Aber es fand sich doch ein Foto mit ihm vor dem ägyptischen Museum in Kairo. Sie würden das noch überprüfen müssen, aber im Prinzip glaubten sie ihm. Der junge Mann war mit seiner Examensarbeit beschäftigt, die er in zwei Monaten würde abgeben müssen. Es war unwahrscheinlich, dass er nebenbei noch viel Zeit für verrückte Aktionen haben würde.

Weiter ging's zur Vennfelder Straße. Matthias Brooms hieß ein seit einem Jahr arbeitsloser Lehrer. Sie klingelten an dem unscheinbaren Altbau.

Matthias saß in seiner Wohnung und war gerade dabei, bestimmte Winkel auszurechnen, als es klingelte. Er war ein Eigenbrötler und kannte niemanden, der einfach so spontan vorbeigekommen wäre, zumindestens seit einem Jahr war das so. Er überlegte: Der Postbote kam hier nie so spät, von Vertretern wollte er nichts kaufen, wozu also die Tür öffnen? Noch vor ein paar Monaten hätte er sie selbstverständlich aufgemacht, aber nun hatte er Wichtigeres zu tun. Auch, als es noch einmal energisch klingelte, machte er nicht auf.

Simone und Christiane sahen sich an.

„Wir sollen höfliche Besuche abstatten, falls wir jemanden antreffen?", vergewisserte sich Christiane, die nichts so sehr hasste wie Überstunden am Wochenende.

„Genau so hat er es gesagt.", stimmte ihr Simone zu. „Also, wo können wir uns am besten Gedanken machen zum Thema zweiter Weltkrieg?" „Im Stadtarchiv?", meinte Christiane, während sie sich zum Gehen abwandte.

Nachdem die Klingel aber ruhig blieb, kitzelte ihn doch die Neugier. Er schlich sich zum Spion an der Wohnungstür: Keiner davor und kein Laut im Treppenhaus. Also huschte er zur Tür hinaus ans Treppenhausfenster, von wo aus er auf die Straße sehen konnte. Er sah zwei junge, selbstbewusste

60

Frauen, die sich von der Haustür entfernten. Nach einigem Abstand sah sich die eine noch einmal forschend um. Allerdings streifte ihr Blick zuerst das Wohnzimmerfenster seiner Nachbarn, so dass er den Kopf gerade noch wegnehmen konnte. Beunruhigt schlich er sich wieder in seine eigenen vier Wände. Irgendwie ahnte er, dass es sich um Polizistinnen handelte. Er hatte keine Ahnung, wie sie auf ihn gekommen waren. Vielleicht hatte ihnen jemand aus seiner Nachbarschaft einen Tip gegeben aufgrund der Personenbeschreibung. Jedenfalls waren sie ihm nun sehr nah gekommen. Es war aber noch zu früh! Eine Woche brauchte er noch Ruhe! Er musste irgendetwas unternehmen.

„Klar, das Stadtarchiv wäre nicht schlecht, aber die haben bereits zu. Wie wär's mit der Ehrenhalle an der Linner Burg. Du weißt schon, die, wo der eiserne Georg drin steht." Als Christiane sie immer noch fragend ansah, ergänzte sie noch „Na, halt der hölzerne Kerl, mit dem Kettenhemd aus Nägeln!"

„Ach ja, jetzt weiß ich, was du meinst. Aber ist da nicht außer ein paar Fotos von zerstörten Gebäuden und den Namen von Gefallenen Krefelder Soldaten gar nichts drin?"

„Hm, hast schon recht, aber eigentlich könnte er es genau auf diesen Raum abgesehen haben. Ich werd' dafür sorgen, dass sich dort eine Fußstreife am Wochenende umsieht."

„O.K. Das ist ein Anfang. Was könnten wir noch tun?", grübelte Christiane weiter, bevor sie in ihren Jackentaschen nach dem Autoschlüssel kramte.

„'Nen Kaffee trinken gehen!", meinte Simone energisch.

Christiane sah sie über das Autodach hinweg an: „Ja, das wär doch mal was."

Sie landeten schließlich an der Marktstraße in dem großen Café gegenüber dem Spielzeugladen. Sie verzogen sich in den hinteren Bereich, wo sie ungestört waren. Wie sich herausstellte, waren sie dort sogar so ungestört, dass sich die Bedienung erst nach einer Viertelstunde zu ihnen hinverirrte, um die Bestellung aufzunehmen. Sie bekamen dann doch noch Kaffee und heiße Schokolade und wandten sich wieder ihrem eigentlichen Problem zu.

„Hier, gleich da vorne steht ja der Gedenkstein, der an die alte Synagoge erinnert.", wies Christiane nach draußen. Ich hab' mich mal von Johannes, weißt du, mein früherer Nachbar, überreden lassen an einem Stadtrundgang mitzumachen, wo es nur um - Moment, wie hieß das noch? - „Jüdisches Leben in Krefeld" ging. Das war von der Geschichtswerkstatt ausgerichtet worden. Und wir haben genau da drüben angefangen. Das war total interessant. Eigentlich schade, dass nur so wenige Leute mitgegangen waren."

„Wer hat die Führung gemacht?"

„Hm, da war auf jeden Fall die Leiterin von dem NS-Dokumentationszentrum in der Villa Merländer mit dabei, und sie hat sich dann mit anderen Mitgliedern der Geschichtswerkstatt abgewechselt. Mal sehen, ob ich die Tour noch zusammen bekomme ...

Hier ging es erstmal um die schöne alte Synagoge, die - ich glaub - 1938 mehrmals gebrannt hat, bis sie schließlich ganz zerstört war. Die Härte dabei war, dass die Feuerwehr zwar anwesend war, aber strenge Anweisung hatte, nur das Übergreifen des Feuers auf andere Gebäude zu verhindern!

Als Nächstes sind wir dann in diese kleine Straße gegenüber vom Kaufhof reingegangen, kamen an der Rheinstraße aus. Da kam dann das Thema auf den Boykottaufruf jüdischer Geschäfte durch die Nazis. Es gab sogar ein Foto in der Zeitung, von Frauen, die sich nicht an diesen Boykott gehalten haben. An nichtjüdischen Geschäften konnte man dafür teilweise Schilder sehen mit der Aufschrift „Juden unerwünscht", zum Beispiel an dem Haus Rheinstraße, Ecke Hochstraße, wo jetzt Deichmann drin ist. Das war früher ein sehr bekanntes Café. Und dort hing auch so ein Schild.

Aber es hat auch Zivilcourage gegeben. Zum Beispiel gab es Frauen, die zu einem Juden ins Schuhgeschäft gingen, um sich dort leere Schuhkartons geben zu lassen, die sie dann demonstrativ über die Straße trugen, so als hätten sie sie gekauft."

Simone hörte gespannt zu.

„Danach haben wir vor dem Rathaus gestanden, und es ging um die Rolle der Verwaltung. Ich krieg das nicht mehr genau zusammen. Aber mit Ruhm haben die sich auf jeden Fall auch nicht bekleckert! Danach sind wir auf der St.-Anton-Straße bis zum Stadtgarten gelaufen. Dort hat früher die jüdische Volksschule gestanden, wo zeitweise ungefähr 70 Kinder hingingen. Aber je mehr Druck die Nazis ausübten und je mehr Familien deportiert wurden, desto leerer wurde die Schule. Dann ist sie zwangsweise geschlossen worden, und der letzte Lehrer hat in Privatwohnungen weiter unterrichtet. Doch irgendwann war auch das vorbei, weil er deportiert wurde."

Es entstand eine betretene Pause und beide schlürften an ihren Getränken.

Christiane fuhr fort: „Dann kann ich mich noch erinnern, dass wir auf der Hubertusstraße vor einem Wohnhaus standen. Das war damals ein „Judenhaus". Das hatte im Prinzip die gleiche Funktion wie die Ghettos, die es in anderen Städten gab. Die Juden wurden aus ihren

Wohnungen herausgeholt und in solchen Häusern zusammengepfercht. Der Richard Merländer hat in diesem Haus ein Jahr lang gewohnt, bevor er deportiert wurde."

„Bist du mal in der Villa Merländer gewesen?", wollte Simone wissen. Christiane schüttelte den Kopf. „Nee, will ich aber unbedingt mal. Und vielleicht sollte ich mich beeilen, bevor sie wegen städtischen Geldmangels geschlossen wird.",fügte sie bitter hinzu. „Kommst du mit, Simone?"

„Ja, würd' ich gerne. Wenn wir nur vorher diesen verzwickten Fall abschließen könnten!"

Christiane ging in Gedanken noch einmal zu dieser Stadtführung zurück und es fiel ihr noch etwas ein: „Übrigens unser Verein hier" und sie klopfte leicht auf die Dienstmarke in ihrer Hosentasche, „der saß damals im Hansahaus, und damals wären wir der Stadt unterstellt gewesen und nicht dem Land." „Naja, insgesamt bin ich froh, dass ich heute im Polizeidienst bin und nicht damals. Das erspart uns doch viele Gewissenskonflikte."

„Ja, da sagste was!"

„Aber was machen wir mit unserem Dreiecks-Mac, Cristiane?"

„Also,", ergriff Christiane wieder das Wort, „ich glaube, dass es unzählige Stellen in Krefeld gibt, von denen aus man eine Verbindung zum zweiten Weltkrieg oder auch insgesamt zur Nazizeit ziehen kann, vor allem dann, wenn man sie so weit herholt, wie die Rennbahn und den ersten Weltkrieg!" Sie schnitt eine Grimasse. „Aber ich denke, die Ehrenhalle in Linn sollten wir auf jeden Fall beobachten lassen und die übrigen Streifen besonders auf alte Schutzbunker aufmerksam machen. O.K.?"

Simone nickte.

Sie trennten sich, und jede von ihnen schüttelte die Gedanken an den Fall ab und ging ins Wochenende.

Am Sonntag ging Christiane auf ein Stündchen die Famile ihres Bruder besuchen. Dennis feierte seinen elften Geburtstag. Er freute sich riesig, als sie ihm das Kuvert überreichte, in dem sich ein Gutschein für einen Besuch im Polizeipräsidium für den nächsten Mittwoch befand. Christiane gewann fast den Eindruck, dass sie sich das Geld für das Spiel, das sie ihm außerdem gekauft hatte, hätte sparen können. Aber sie war zufrieden, dass der Gutschein so gut angekommen war, auch wenn sie selber mit ihm viel lieber in den Zoo gegangen wäre. Den Termin am Mittwoch hatte sie mit Bedacht ausgewählt, da Krapp an diesem Tag, der sein dreißigster Hochzeitstag war, freigenommen hatte. Er wäre ansonsten von dem Kind in seiner Abteilung bestimmt nicht begeistert gewesen.

Dennis tobte die meiste Zeit mit seinen Freunden im Spielkeller, und Christiane verabschiedete sich schließlich, um noch einen kleinen Abstecher nach Linn zu machen.

Sie kannte den Polizisten in Zivil, der im Vorhof der Burg Dienst schob und inzwischen die Vogelgehege gegenüber der Ehrenhalle auswendig kannte. Nein, einen Mann, auf den die Täterbeschreibung zutraf, hatte er bislang nicht gesehen. Es war alles ziemlich ruhig gewesen, keine besonderen Vorkommnisse. Christiane wäre gerne in die Halle hineingegangen, aber es war nicht auszuschließen, dass der Täter sie bereits kannte, und sie wollte einen unglücklichen Zufall vermeiden. Deshalb verdrückte sie sich so schnell wie möglich wieder und entspannte sich das restliche Wochenende zuhause.

Umzingelt?

Montag 27. 11., 8.10 Uhr

Die nächtlichen Vorbereitungen waren gut gelaufen. Nun saß er im warmen Pulli in seinem Wohnzimmer und horchte, ob er durch das gekippte Fenster etwas hören würde. Und richtig, das vertraute Knallen kam pünktlich wie geplant. Kurze Zeit später hörte er mehrere Fahrzeuge mit Alarmsirenen auf der Gladbacher Straße entlang fahren. Sein Plan war aufgegangen.

Christiane und Simone hatten kaum den ersten Satz über das Wochenende, zum Beispiel über Simones Essen mit Udo, gewechselt, als die Meldung kam, dass es an der Gladbacher Straße zu einem heillosen Verkehrschaos gekommen war. Am großen Kreisverkehr zur Obergath hin waren von der Mitte her etliche Feuerwerksraketen in schräger Flugbahn losgegangen. Sie hatten Fahrzeuge getroffen, Fahrer geblendet und mit ihrem Krach alle Verkehrsteilnehmer total erschreckt. Es war zu mehreren Auffahrunfällen mitten auf den Kreuzungsteilen gekommen, und nun ging nichts mehr.

Simone sah ihre Freundin an: „Na, ob das schon wieder unserer war?"

Christiane überlegte: „Von der Aktion an sich her könnte er es sein, aber wo ist der Bezug zur Geschichte?"

Simone fiel es als erstes ein: „Stadtgeschichtlich gesehen hat da mal dieser alte Wasserturm gestanden."

„Tja, so was reicht ihm ja anscheinend als Anlass", spann Christiane den Gedanken weiter, „Wir könnten uns jetzt auf stur stellen und warten, bis sie das Zeichen irgendwo gefunden haben. Aber da wir ja jetzt schon wissen, dass sie eines finden werden, können wir uns auch gleich auf den Weg machen - oder?"

Statt einer Antwort griff Simone zu ihrer Jacke, und sie steuerten die betroffene Kreuzung an.

Außer etlichen Blechschäden war zum Glück nichts passiert. Die zwei Kommissarinnen begutachteten die leeren Raketenhülsen und vor allem den Üton-Stein, der mit einigen Löchern versehen war, in denen die Raketen in genau richtigem Winkel gesteckt hatten. Die Zündung hatte über eine Zeitschaltung und mal wieder mit hilfe chemischer Substanzen stattgefunden, die sich unten in einem Hohlraum des Steines befanden. Außen auf dem Stein fanden sie das bekannte Emblem, aber diesmal enthielt es keine Ziffern mehr.

Christiane stutzte. Mit den Zahlen hatten sie sich lange nicht mehr auseinandergesetzt. Irgendwie waren sie als Geheimzeichen abgetan worden mit einer Bedeutung, die sich nur dem Verrückten selber, der sie aufgeschrieben hatte, erschließen konnte. Was aber, wenn es gar nicht so war? Wenn diese Zahlen geheime Botschaften an bestimmte Empfänger waren.

Ungeduldig zog Christiane Simone vom Tatort weg zum Wagen. Sie fuhren zurück ins Büro.

Im Büro setzte sich Christiane hin und schrieb alle Anschläge mit den dazugehörenden Zahlen auf:

Mi. 01.11.	Elfrather Heiligtum	3/8-0-0-1	Zeit der Germanen	Baum gefällt
Mo. 06.11.	Geismühle	7-9-1-1	Mittelalter	Feuer gelegt
Di. 07.11.	Rathaus	8-9-7-1	Industrielle Revolution	Graffiti
Di. 14.11.	Wilhelm-Statue	9-1-3-1	National-staat	Sprengsatz
So. 19.11.	Galopp rennbahn	9-7-4-1	1. Welt-krieg	Sabotage/ Sprengkörper
Mo. 27.11.	Gladbacher Str.	-	?	Feuerwehr-raketen

„Also, Simone, was fällt dir an den Zahlen auf?"
„Sie werden immer größer. Und am Ende haben sie alle eine Eins. Wenn der seine Happenings nummeriert, dann vielleicht so, wie die Filmemacher. Die Eins am Ende steht jeweils für den ersten Versuch."

70

„Hm, du glaubst also immer noch, es könnte jemand mit künstlerischen Anspruch sein? Aber dann hätten wir z.B. am 1.11. eine 300, und fünf Tage später, am 6.11. bereits eine 791. Er müßte in der kurzen Zeit 491 Kunstwerke oder Happenings verbrochen haben."

Simone wollte ihre Theorie noch nicht aufgeben: „Ja, es kann aber auch sein, dass die erste Nummer jeweils für die Art des Vergehens steht. Sieh mal, beim Kaiser-Wilhelm fängt die Zahl mit einer 9 an und ebenso auf der Galopprennbahn und in beiden Fällen hat er mit Sprengstoff gearbeitet." „Hm, ja, klingt nicht schlecht. Aber was haben dann die mittleren beiden Ziffern zu bedeuten?"

Beide sahen sie die Zahlen an: 00 - 91-97-13-74. „Aus den ersten vieren kann man eine 0190 machen, der Rest wäre dann die Durchwahl 97 13 74."

„Puh, wenn der das wirklich so kompliziert macht, dann wäre es ein ziemlicher Zufall, wenn wir es jetzt herausbekommen hätten!"

Christiane schob Simone das Telefon rüber. „Es ist deine Theorie. Probier' du sie aus!"

Simone wählte 0-1-9-0... 9... Es folgte ein unangenehmer Piepston und die allgemein bekannte Durchsage: „Kein Anschluss unter dieser Nummer"

Sie begann, die Nummern vertauscht auszuprobieren, und wählte nach der Vorwahl die 7 - wieder kein Anschluss.

 Als nächstes kam die 1 dran - Stille... Sie wählte weiter: 3... (Stille...) - 7...: Kein Anschluss unter dieser Nummer. Sie kam mit 1-3- und 9 oder 4 jeweils genauso weit. Sie probierte es noch mit 1-4 ...Kein Anschluss unter dieser Nummer!!!

Sie hatte das Gefühl, dass das Piepsen jedesmal lauter und die Stimme jedesmal zorniger geworden waren. Sie schmiss den Hörer auf die Gabel. „Nee, dat isset nich! Für diese 190er-Service-Nummern ist die Zahlenabfolge wahrscheinlich einfach zu kompliziert. Bei so 'ner Nummer ruft wahrscheinlich kein Kunde an, um sich mal eben zu informieren."

„Oder um sich zu vergnügen!", ergänzte Christiane mit belustigtem Lächeln.

„Na los, und was für eine Idee hast du?"

„Ich frage mich die ganze Zeit, ob wir die Zahlen richtig abgeschrieben haben. Sie standen schließlich jedesmal in einem Kreis, wo es gewissermaßen keinen Anfang und kein Ende gibt. Wir sind einfach davon ausgegangen, dass oben der Anfang ist, aber er könnte genausogut links oder an jeder anderen Stelle sein. Du hast Recht, an jedem Ende steht bei uns eine Eins. Aber vielleicht gehört die ja gerade an den Anfang! Dann hätten wir also 1300, 1791, 1897, 1913, 1974."

„Mensch, das klingt ja richtig nach Geschichte! 1913 - Da wurde doch hier die Galopprennbahn gebaut." Sie sah noch einmal auf die Tabelle, die Christiane angelegt hatte, und in der sie nun die veränderten Zahlen notierte. Bei der Rennbahn stand 1974.

Simone stutzte. Auch Christiane, die mit dem Notieren fertig war, sah nun erstaunt auf das Papier. Sie fingen noch einmal oben an. Da stand die Elfrather Tempelanlage der Zahl 1300 gegenüber, der Geismühle war das Jahr 1791 zugeordnet.

Simone hatte die nächste Idee: „Du, die 1300 muß zur Geismühle gehören, weil sie um die Zeit herum etwa erbaut wurde. Ich hab' doch damals bei der Tatortarbeit die Info-Tafel durchgelesen." „Stimmt, in dem Leserbrief war es auch erwähnt. Lass' mal weiter gucken. Dann müsste die 1791 nicht zur Geismühle, sondern zum Rathaus gehören. Stimmt auch, um die Zeit herum, ist es gebaut worden. Und 1897 wurde das Kaiser-Wilhelm-Museum auf den Karlsplatz gesetzt - richtig?"

Simone verließ ihren Platz an Christianes Schulter und ließ sich an ihren eigenen Schreibtisch plumpsen. „Der hat uns die ganze Zeit angekündigt, was als nächstes drankommt, und wir haben es nicht erkannt!"

Ein Kollege klopfte und reichte ihnen ein Fax rein. Es war mal wieder von Udo: Ein weiterer Leserbrief! Dieses Mal las Simone selbst.

„Da, jetzt haben wir den Zusammenhang. Von der Sprengung des Wasserturms 1974 geht er zurück auf die späten 60ger mit ihren Studentenbewegungen, APO, etc. und dann auf die 70ger mit den Terrorismus-Problemen. Frei nach dem Motto „Wilde Zeiten", mal eher friedlich, mal militant."

Christiane schüttelte den Kopf. „Gut, dass wir unter den im Schuldienst stehenden Lehrern keine Anhaltspunkte gefunden haben. Das kapiert doch kein Schüler - oder?"

„Immerhin wissen wir jetzt, warum er sich diese Stelle an der Gladbacher Straße ausgesucht hat. Und wir wissen, was die Zahlen zu bedeuten haben."

„Das Blöde ist nur,", warf Christiane ein, „dass er diesmal keine Zahl hinterlassen hat. Was sollen wir jetzt davon halten? Plant er keinen weiteren Anschlag mehr? Haben wir ihn aufgestört, ohne es selber gemerkt zu haben? Wird er deshalb aufhören? Oder will er uns einfach vorsichts-halber keine Informationen mehr geben?"

Simone machte ein ratloses Gesicht. Nach-denklich meinte sie dann: „Es bleibt uns jedenfalls nichts anderes übrig, als da weiter zu machen, wo wir Freitag aufgehört haben. Wir können die

74

Beobachtung der Ehrenhalle in Linn abblasen, da wir den 2. Weltkrieg - aus welchen Gründen auch immer - übersprungen haben. Und wir sollten sehen, dass wir diesen Herrn Brooms mal antreffen. Und dann sollten wir Herrn Haferfeld überprüfen, ob er ein Alibi für die letzte Nacht hat."

Christiane nickte und griff zum Telefon, um Simones ersten Punkt gleich zu erledigen.
Als sie dann über den Gang zum Treppenhaus gingen, hörten sie ihren Chef heftig mit jemandem am Telefon diskutieren. „Ach, was heißt da, schlechte Arbeit geleistet! Meine Mitarbeiterinnen sind hervorragend! Aber dieser Kerl ist a) hochintelligent und b) völlig unberechenbar! Wir wären jetzt eigentlich mit dem 2.Weltkrieg drangewesen ... Wie? Was heißt da 'Ich soll nicht übertreiben!'? Sie verstehen mich ja gar nicht!!!" Die beiden so hoch Gelobten sahen sich grinsend an. „Na, so gut wären wir bestimmt nicht weggekommen, wenn die Idee mit dem 2.Weltkrieg nicht von *ihm* gekommen wäre!", flüsterte Simone im Weitergehen.

Diesmal fuhren sie zuerst zur Vennfelder Straße. Es war inzwischen 10.30 Uhr.

Nun war er darauf eingestellt, dass sie früher oder später noch einmal bei ihm klingeln würden. Er hatte sich ausgemalt, dass es besser sein würde, sie hereinzulassen und einen guten Eindruck zu machen, als zu warten, bis sie einfach per Durchsuchungsbefehl und Schlüsseldienst hereingeplatzt kamen. Also öffnete er mit einem freundlichen Lächeln, dass er kunstvoll ersterben ließ, sobald er hörte, weshalb sie kamen. Er wurde verdächtigt, nein so was!

Er fühlte sich aber sicher, denn er hatte ein Alibi für die vergangene Nacht. Susanne, die ihm einen großen Gefallen schuldete, hatte die ganze Nacht mit ihm Videos gesehen. Zuerst „Der mit dem Wolf tanzt", dann „Highlander", und dann noch den „Terminator". Er konnte den beiden Kommissarinnen die entsprechenden Kassetten vorweisen. Und er wusste, dass Susanne sich genau an die Filme würde erinnern können, denn sie hatten sie wirklich gesehen, allerdings schon in der vorletzten Nacht.

Nun wollten die beiden seine Winterjacken sehen. Er hatte nur eine, aber die war braun. Dass die beiden anderen (eine Lederjacke und eine grüne Sportjacke) in seinem geheimen Zimmer, genau hinter dem Schrank, vor dem sie standen, lagen, musste ja nicht jeder wissen. Er hatte sich schon vor Tagen sorgsam auf ihren Besuch vorbereitet, indem er Chemiebücher, aber die unver-fänglichen, aus dem Arbeitszimmer in das Wohnzimmerregal gestellt hatte, zu den

Geschichtsbüchern, die dort sowieso standen. Er hatte allerdings die Heimat-Reihe und seinen Ordner mit Zeitungsausschnitten zur Krefelder Geschichte aus diesem Regal entfernen müssen.

Sie wollten als Nächstes wissen, ob er eine Garage oder einen Keller habe. Bereitwillig führte er sie zu seinem Kellerverschlag. Dort herrschte staubiges Chaos von Kisten und Kartons, und der Verschlag war offensichtlich allein schon wegen der schlechten Licht- und Stromversorgung nicht als Labor geeignet.

Eigentlich hatten sich die zwei Kommissarinnen schon zum Gehen gewandt, als sich die kleinere von beiden noch einmal in dem schmalen Flur umdrehte, und ihn fragte, ob er als Fachmann wüßte, was an der Gladbacher Straße im Jahre 74 geschehen sei. „Ja,", hatte er bereits die Stimme angehoben, als er gerade noch die Falle bemerkte und umschwenkte in: „ehm, da muß ich ja jetzt richtig überlegen! Eigentlich beschäftige ich mich ja mehr mit gesamtgesellschaftlicher Geschichtssoziologie. Nein, ich komme jetzt im Moment nicht drauf." Auf seine anschließende Frage, hatte ihm die Größere der beiden etwas säuerlich geantwortet, dass in diesem Jahr mit viel Getöse der alte Wasserturm, ein ehemaliges Wahrzeichen Krefelds, gesprengt worden sei. Er musste sich mühsam die freche Antwort „Ach, und das hat die Polizei bis heute noch nicht aufgeklärt?" verkneifen. Es hatte ihn schwer in *seinem Lehrerstolz verletzt, dass er sich selber hatte unwissend stellen müssen.*

Die Laune war ihm durch diesen Besuch schon ziemlich vermiest worden. Hinzu kam noch sein Ärger darüber, dass die Leserbriefe, die er an die Zeitung geschickt hatte, immer bis zur völligen Entstellung gekürzt wurden. Als ob er sich nicht schon unglaublich kurz fasste, dafür, dass es immerhin um komplizierte geschichtliche Zusammenhänge ging!

Je länger er auf dem Sofa saß und aus dem Fenster in den trüben Tag hinein starrte, desto unruhiger wurde er. Schließlich fasste er einen Entschluss. Ruckartig stand er auf und begann zu packen.

„Na, was hältst du von ihm, Christiane?"

„Ich weiß nicht, irgendwie hab' ich ein komisches Gefühl bei dem Kerl. Der ist mir irgendwie zu glatt." „Tja, mir geht es ähnlich. Komm, gehen wir sein Alibi überprüfen."

Frau Susanne Gerich arbeitete, wie Brooms gesagt hatte, halbtags als Kassiererin in dem kleinen Supermarkt an Königshof. Sie schien erstaunt, als die Beamtinnen sie kurz im Büro sprechen wollten. Sie bestätigte, die drei Filme gesehen zu haben. Dann sei es sechs Uhr gewesen und sie hätte beschlossen, dass es nun günstiger sei, die Nacht ganz durchzumachen. Bis halb acht hätten sie noch gequatscht. Dann sei sie zu sich nach hause gefahren, um sich vor der Arbeit noch etwas frisch zu machen. Der Hinweis, dass sie nötigenfalls vor Gericht würde schwören müssen, verunsicherte sie nicht; sie blieb bei ihrer Aussage.

Als Nächstes fuhren sie noch einmal zu Jörg Abber, aber er war noch nicht zu Hause. Sie erkundigten sich bei der Post nach ihm. Ja, er habe seinen Dienst ganz pünktlich um 5 Uhr begonnen. Sie fuhren unzufrieden ins Büro zurück. Beide hatten das Gefühl, dass hier der falsche Mann das Alibi vorweisen konnte, und der Ehrliche konnte es eben nicht. Aber es war eben nur ein Gefühl, und sie durften auf keinen Fall außer Acht lassen, dass möglicherweise doch Abber der Täter war.

„Ach, Simone, ich bin gefrustet heute. Komm, lass uns mal wieder draußen essen gehen!" „Was schlägst du vor?"
„Das Steakhaus?"
„Ja, ist o.k., da komm ich mit." Sie liefen das kurze Stück bis zur Rheinstraße zufuß. Nachdem sie sich jeder etwas von der Tageskarte bestellt hatten, kam Simone wieder auf Brooms zu sprechen.
„Weißt du, diese Wohnung hat mich an die Zeit erinnert, als ich selber auf Wohnungssuche war. Da hatte ich auch so eine, in der der Vormieter alles mit Holz verkleidet hatte. Im gleichen Haus

war noch eine andere Wohnung frei, aber die war nur in weißer Rauhfaser gehalten. Du, die hat gleich doppelt so groß gewirkt! Also, auch wenn das ja eine gemütliche Atmosphäre schafft, mir wäre das zu höhlenartig!"

„Simone, du bringst mich da auf was! Sehe ich das richtig, war das eine Flügelwohnung?"

„Ja, von den Fenstern aus hat man den Hinterhof von der Seite gesehen. Na und?"

„Normalerweise sind diese angebauten Flügel so schmal, dass sich darin genau *eine* Wohnung befindet. Die Räume liegen hintereinander und sind alle gleich breit..."

Die Kellnerin hatte Mühe, sich bemerkbar zu machen, um die dampfenden Teller abstellen zu können.

„Bei Brooms aber war das Schlafzimmer schmaler als das Wohnzimmer. Es ist nur nicht so aufgefallen, da das Wohnzimmer so dunkel mit Holz ausgekleidet ist, während man hinten nur weiß gestrichen hat! Simone, hinter dem Schlafzimmerschrank muß sich noch ein kleiner Raum befinden!"

Simone war verblüfft, „Klar, du hast recht! Gleich nach der Pause organisieren wir uns einen Durchsuchungs- und einen Haftbefehl für unseren aalglatten Herrn Brooms!"

Es war ungefähr vierzehn Uhr, als sie wieder vor dem Haus an der Vennfelder Straße standen, dieses Mal in Begleitung von zwei Schutzpolizisten. Wieder einmal war ihr Klingeln umsonst. Sie klingelten bei den Nachbarn, die aber keinen Schlüssel für die Wohnung des Herrn Brooms hatten. Dafür gaben sie die Telefonnummer des Vermieters an. Dieser hatte jedoch keinen Ersatzschlüssel zu der Wohnung. Und so blieb nur der Anruf beim Schlüsseldienst.

Sie betraten die Wohnung und gingen nach kurzem Umsehen auf den Kleiderschrank im Schlafzimmer zu. Als sie ihn öffneten, wurde ihnen gleich klar, dass sie den Haftbefehl hier wohl nicht mehr zum Einsatz bringen würden. Der Schrank war nur noch halb so voll wie vorher.

Simone schob energisch die verbliebenen Hosen und Hemden zur Seite. Jetzt war zu erkennen, dass die Rückseite des Schrankes eine Schiebetür aufwies. Sie ließ sich leicht öffnen. Der Raum dahinter war dunkel. Christiane, die die längeren Arme hatte, tastete nach dem Lichtschalter. Als das Licht anging, fiel Christianes Blick sofort auf den Bürostuhl, auf dem sich zwei Winterjacken befanden, eine aus Leder und eine aus grünem Synthetikstoff. Sie duckten sich nacheinander, um durch den Schrank in das kleine Arbeitszimmer zu kommen.

Der Boden war mit robustem PVC abgedeckt, das dennoch an einigen Stellen gelitten hatte. Auch die Tapete rund um den Tisch war nicht verschont geblieben. Auf dem Arbeitstisch stand das unterschiedlichste Chemikerzubehör. „Hier schicken wir am besten unseren charmanten Experten rein.", meinte Christiane.

Simones Aufmerksamkeit wurde mehr von einem alten Lederaktenkoffer angezogen, der unter dem Tisch stand. Sie zog ihn unter der Tischplatte hervor und machte Anstalten, ihn zu öffnen. Christiane legte ihr die Hand auf den Arm. „Tu's nicht, du weißt doch, der Kerl hat's mit Schwarzpulver und Co." „Ich werde Trutz anrufen.", meldete sich einer der Polizisten durch den Schrank. „Ja, tun sie das!", rief Christiane zurück. „Bitte, sei vernünftig und hab ein paar Minuten Geduld!"

„Is' ja schon gut." Simone stellte den Koffer vorsichtig ab. „Aber ich wette mit dir, dass nur Papierkram drin ist."

Sie wandte sich nun den Büchern auf dem kleinen Wandregal zu, dass scheinbar in möglichst großem Abstand zu den Chemikalien aufgehängt war. Es befanden sich neben ziemlich speziellen Chemiebüchern auch Bände der „Heimat" darunter. Simone zog den ältesten davon hervor. Er war von 1974. Unter der Überschrift „Um ein Wahrzeichen ärmer!" fand sich ein ausführlicher Artikel über den alten Wasserturm darin. Ein kleines Schwarzweißfoto zeigte den Turm im Moment der Sprengung, als er, leicht eingeknickt, noch stand, obwohl unten schon ein großes Stück herausgebrochen war.

82

Ein paar Seiten weiter vorne war ein riesiger Gasometer zu sehen, der von 1961 bis 1974 an der St. Töniser Straße gestanden hatte.

Simone verzog sich mit dem Buch ins Wohnzimmer und setzte sich. „Guck mal Christiane! Also, in einem Punkt gebe ich Herrn Brooms ja Recht: Das ist 'ne spannende Sache, was früher mal war." Während sie auf Trutz warteten, vertieften sie sich ganz in das Buch, so dass die Zeit sehr schnell verging.

Trutz kam, diesmal besser gelaunt, und sah sich in dem Kabuff um. Simone drängte ihn, mit dem Koffer anzufangen. Er schickte sie beide hinaus, um seine Ruhe zu haben. Nach kurzer Zeit streckte er ihnen den Koffer durch den Schrank entgegen. „Hier, sind nur Papiere drin!"

Simone eilte ihm entgegen. Als sie zurückkam, warf sie Cristiane einen Blick zu, der ihr das Gefühl gab, ihre eigene überbesorgte Mutter zu sein.

Sie legten den offenen Aktenkoffer zwischen sich und begannen, ihn zu durchsuchen. Ganz oben lag ein Din-A4 Heft, das er handschriftlich mit „Reflexionen" beschriftet hatte. Innen waren nur ein paar Seiten beschrieben. Zu Lektion 1 stand da zum Beispiel: „Der Aufhänger war nicht interessant genug, sie haben den Stoff nicht begriffen, weil sie erst gar nicht aufgepasst haben." Unter Lektion 2 hieß es: „Diesmal ist die Aufmerksamkeit besser gewesen. Sie haben etwas über Chemie und etwas über Geschichte gelernt." Lektion 3 war die letzte, zu der er einen Kommentar abgegeben hatte: „Jetzt habe ich sie richtig aufgeschreckt, aber ihnen fehlt das rechte Geschichtsbewusstsein. Da kann man nur weitermachen und hoffen, dass es mit der Zeit schon kommen wird." „Puh, gut, dass er an der Stelle aufgehört hat, das hört sich ja furchtbar nach unser aller Bundeskanzler an!", stöhnte Christiane. „Jouh, das isses, jetzt haben wir den Verantwortlichen, warum dieser arme Lehrer verrückt geworden ist!", frotzelte Simone mit.

Die zwei Freundinnen legten das Heft beiseite. Darunter waren jeweils mehrere Blätter mit je einem Heftstreifen zusammengefaßt. Sie trugen verschiedenen Titel, zum Beispiel „Unterrichtsreihe 1, die Germanen und die alten Römer" oder „Unterrichtsreihe 2, das europäische Mittelalter". Am Ende dieser Blattsammlungen fand sich jeweils eine Kopie des jeweiligen Leserbriefes, der den beiden ja schon vertraut war. „Ganz schön bitter, so sorgfältig ausgearbeitete und vorbereitete Unterlagen auf so einen Brief zusammenkürzen zu müssen.", bemerkte Christiane.

„Vor allem, weil sie dann von der Zeitung noch einmal auf nur ein Drittel zusammengestrichen wurden.", ergänzte Simone.

84

„Ach, sieh doch!" Christiane hatte weiter in dem Koffer gewühlt. „Krapp hatte Recht! Eigentlich wäre die Nazizeit dran gewesen!" Sie hielt Simone die Unterrichtsreihe 6 unter die Nase. Allerdings war die 6 durchgestrichen und es stand auf einem angehefteten Zettel: „Zu umfangreich! Nächstes Schuljahr!" Sie waren im Groben durch den Koffer durch.

„Scheinbar hat er nichts zu den Anschlägen schriftlich festgehalten - oder aber, er hat diese Unterlagen mitgenommen.", überlegte Simone und Christiane pflichtete ihr bei.

Trutz tauchte wieder aus dem Schrank auf. Er hatte mitgenommen, was gefährlich oder verdächtig war. „Ja, meine Damen, hundertprozentig kann ich es erst in ein paar Tagen sagen, aber aller Wahrscheinlichkeit nach, haben sie den Chaos-Buben gefunden.

„Nein, Trutz, nicht ihn haben wir gefunden, nur seine Wohnung.", berichtigte Christiane seufzend. „Er läuft da noch irgendwo in der Weltgeschichte herum."

Der Dienstag verging schnell mit der Suche nach Brooms bei Eltern, Schwester und seiner Bekannten Susanne Gerich. Alle hatten in der letzten Zeit nur noch einen seltenen und oberflächlichen Kontakt zu ihm gehabt.

Besonders die Eltern, die in Hüls an der Krefelder Straße wohnten, klagten darüber, dass er in den letzten acht Monaten zunehmend merkwürdiger und verschlossener geworden war. Sie hatten bemerkt, dass er sehr enttäuscht war, dass er in Krefeld und näherer Umgebung keine Stelle bekommen hatte. Er wollte einfach nicht aus Krefeld weg.

Seine Mutter meinte: „Er hat immer gesagt: 'Mama, ich will richtig interessanten Geschichtsunterricht mit den Kindern machen. Und das kann ich am besten, wenn ich ihnen die Geheimnisse zeige, die unter den Straßen, auf denen sie täglich laufen, versteckt liegen.' Und all die Jahre hat er sich mit der Krefelder Stadtgeschichte beschäftigt. Und das hat ihm mehr Spaß gemacht als das ganze Studium."

„Der Junge ist selber schuld", mischte sich an dieser Stelle der Vater ein, „der hätte realistischer sein müssen. Der wollte ja kein Hauptfach studieren, wie Deutsch oder Mathe, sowas wird immer gebraucht. Aber nein, es mußte unbedingt Geschichte und Chemie sein! Und dann jammern, wenn man mit diesen Fächern vielleicht nach weiter weg ziehen muss, um 'ne Stelle zu kriegen. Aber wir können ihn doch auch nicht ewig unterstützen!"

„Nu, sei doch nicht so hart mit ihm!", der Mutter standen die Tränen in den Augen. Christiane und Simone zogen sich lieber zurück. Es war schon klar, dass die Eltern nicht wussten, wo ihr Sohn steckte.

Die Leute, mit denen Matthias studiert und teilweise auch Arbeitsgruppen gebildet hatte, kannten die Eltern nur von den Vornamen her. Es würde noch viel Mühe kosten, diese in Duisburg ausfindig zu machen.

Simone und Christiane telefonierten auch alle Hotels an, bekamen aber nur negative Antworten.

Sie nahmen Einblick in sein Konto und stellten fest, dass bis zum Tage zuvor noch ein paar hundert Mark darauf gewesen waren, nun aber war der Dispo ausgereizt.

„Wo ist er wohl hin mit dem bisschen Geld?", grübelte Simone. „Ist er überhaupt richtig abgehauen, oder ist er so abgedreht, dass er gar nicht mehr anders kann, als bei den Krefelder Bürgern, die für ihn zu seinen Schülern geworden sind, um Aufmerksamkeit zu kämpfen?", antwortete Christiane mit einer neuen Frage.

Aber sie waren zu müde und abgekämpft, um sich weiter Gedanken zu machen. So ließen sie die Fragen einfach im Raum stehen und begannen den mal wieder verspäteten Feierabend.

Mittwoch vormittags nervten sie wieder die Angestellten im Duisburger Studentensekretariat.

Es war wirklich schwierig, alle „Monis" und „Svens" und „Gerhards" aus den vielen Geschichts- und Chemiestudenten heraus-zusuchen. Dann hatten sie etliche Adressen und Telefonnummern von Oberhausen bis Kleve, die alle antelefoniert werden mußten. Aber, das gab Christiane Simone unmissverständlich zu verstehen, nicht von ihr, Christiane. Denn dieses war Dennis' Nachmittag.

Dennis

Mittwoch, 29. 11. 95

Sie holte Dennis um halb eins an der Montessori-Schule ab und lud ihn erst mal zu 'ner Pizza ein. Das war ihm zwar nicht recht, aber sie gab ihm zu verstehen, dass sie eh schon Kopf und Kragen riskierte und deshalb nicht bereit war, ihn sämtlichen Leuten in der Personalkantine vorzustellen.

Dennis war normalerweise eher ein sehr langsamer Esser. An diesem Tag aber war er sehr schnell!

Mit großen Augen sah er sich um, als sie schließlich in ihrem Büro waren. Sie wartete nur darauf, dass nun etwas kam wie „Das hab' ich mir aber ganz anders und viel aufregender vorgestellt." Aber Dennis schwieg. „Wozu ist die große Karte da?", wollte er schließlich wissen.

„Oh, da kann man sich schnell angucken, wo gerade etwas passiert ist. Ich bin ja kein Taxifahrer, alle Straßen kenne ich nicht auswendig. Und man kann auch...", sie holte die Magnetknöpfe aus der Schublade und trennte einen von den anderen, „...mit diesen Knöpfen die Stellen *markieren*, wenn es gleich mehrere sind."

Sie zog einen Holzstuhl vor die Karte, bedeutete Dennis, dass er darauf steigen sollte und gab ihm den Magnetknopf. „Hier, such' mal die Stelle, wo der kleine Baum gefällt wurde."

Dennis stand etwas ratlos davor. Christiane zeigte ihm die Nordtangente. „Schau mal, hier ist die Straße, auf der ihr von der Stadt aus nach Hause fahrt." Jetzt kannte er sich gleich besser aus, und er fand die Kreuzung zur Werner-Voß-Straße und markierte die richtige Stelle.

„Hast du mitbekommen, was der Mann, der überall dieses Zeichen benutzt, dann als nächstes gemacht hat?" Sie war sich sicher, dass sie hier kein Staatsgeheimnis verriet, Welle Niederrhein und beide Zeitungen hatten davon berichtet.

„Da war der an dieser Mühle an der Autobahn!" - „Ganz genau. Und die befindet sich genau hier, rechts unten sozusagen."

Dennis hatte das Spiel schon kapiert. „Danach hat er das Graffitti ins Rathaus gemalt!" Und gleich begann er, im Stadtkern nach dem Rathaus zu suchen. Den Friedrichplatz fand er schnell, dann markierten sie gemeinsam das Rathaus.

„Jetzt die Rennbahn!" „Halt, nicht so schnell, mein Freund! Dazwischen ist noch die Statue am Kaiser-Wilhelm-Museum in die Luft geflogen." „Buff!", kommentierte Dennis trocken; es war offensichtlich, dass er mit dem zerfetzten Kaiser weniger Mitleid hatte, als mit der kleinen heiligen

Esche. Da er ganz am falschen Ende guckte, markierte Christiane das Museum selber.

Die Rennbahn war ein Klacks.

Dann erzählte Christiane noch von dem alten Wasserturm und markierte, wo er gestanden hatte.

Da hatten sie nun sechs Markierungen, alle über die Stadt verteilt, wenn auch ungleichmäßig. Dennis sprang vom Stuhl, dass es Christiane bang um den Kollegen unter ihr wurde, und stellte sich an den Schreibtisch. Das Foto von dem Graffitti im Rathaus lehnte an ihrer Schreibtischlampe. Christiane stellte sich neben Dennis. „Und, Dennis, kannst du mir sagen, was all diese merkwürdigen Dinge zu bedeuten haben, die Raupe, die die Häuser frisst zum Beispiel?" Dennis schüttelte den Kopf.

„Ich kenne das von den Pfadfindern. Wenn wir da eine Schatzsuche gemacht haben, dann malen die Betreuer auch so'n Zeug außen drumrum." Christiane hörte ihm gar nicht richtig zu. Jetzt war er wieder bei den Pfadfindern. Naja, davon konnte er ja immer stundenlang erzählen.

Sie sinnierte vor sich hin. Eine Seidenraupe, die Wohnungen zerstört. Gab es irgendeinen Grund anzunehmen, dass unsere kränkelnde Textilindustrie Wohnungen zerstört? Oder vielleicht durch die Arbeitslosigkeit, dass viele keine schöne Wohnungen haben, weil schöne Wohnungen teuer sind? Aber hätte Brooms sich dann nicht das

Wohnungsamt als Ziel ausgesucht ... Nein, das war alles Unsinn! Irgendwie kam sie nicht weiter. Sie sammelte ihre Gedanken wieder und bemerkte, dass Dennis ganz konzentriert auf die Karte sah.

Sein Blick wanderte langsam von einer Markierung zur nächsten. Dann sah er flüchtig auf das Foto und wieder auf die Karte ... „Tante Christiane, der Schatz liegt da!" Er tippte mit dem Zeigefinger auf die Stelle des Graffitis, wo die beiden langen Linien sich kreuzten und außerdem noch dieses Gekritzel zu sehen war. „Und das ist auf der Karte ungefähr hier!" Er schlug mit der Hand so ungefähr auf den Bahnhof.

Christiane war sprachlos. Sie ging halb rückwärts zu der Verbindungstür, hinter der man Simone die ganze Zeit schon telefonieren hörte. Als sie die Tür öffnete, wollte Simone gerade wieder wählen. „Komm mal rüber", hauchte Christiane, als ob sie Angst hätte, sie könnte das Gespenst mit Namen „Fall gelöst" ansonsten vertreiben.

„So, Dennis, jetzt erklärst du der Simone noch einmal dasselbe, was du mir gerade erklärt hast! Ich bin gleich wieder da." Sie griff nach dem Stadtplan in ihrer Schublade und eilte damit zum Kopierer. Kurz darauf kam sie mit mehreren Din-A3 Bögen zurück.

Sie drängte sich an den Schreibtisch, holte das lange Lineal hervor und begann, die verschiedenen Tatorte so zu verbinden, wie es in dem

Zeichen die ganze Zeit vorgegeben war: Vom Elfrather Heiligtum aus eine lange Linie zur Geismühle, von da aus zum Rathaus und dann zum Karlsplatz. Dann fing eine neue Linie an der Nordwestkurve der Rennbahn an und ging bis zur Gladbacher Straße, Ecke Obergath.

Es war eine Art Fadenkreuz entstanden. Simone und Dennis, die sich inzwischen auch Christianes Zeichnung zugewandt hatten, sahen mit angehaltenem Atem auf den Stadtplan. Dennis ging mit der Nase ganz nah dran: „Da steht die Stephanskirche!" „Die kennt er,", dachte Christiane, „da ist er getauft worden." „Aber es geht hier nicht um einen Schatz, oder?"

„Nein, du Schatz, aber es könnte sein, dass noch einmal etwas passiert.", antwortete ihm Simone.

Christiane machte ein skeptisches Gesicht. „Die Kirche passt gar nicht mehr ins Schema. Wir waren doch inzwischen im Jahr 1974 angekommen. Die Kirche steht aber doch schon mindestens 100 Jahre! Ich glaube, es ist etwas anderes."

Sie zog vorsichtig ein Viereck um das Linienkreuz, das im Verhältnis genauso groß sein sollte, wie das Gekritzel in dem Zeichen. Sie erhielt eine Markierung, die den Bahnhof nur so gerade streifte, am Ostwall entlang verlief bis hinter die Dreikönigenstraße. Es fiel ein Stückchen Alte Linner Straße mit hinein, der Schinkenplatz, die Philadelphiastraße bis zur

Hansastraße, der Albrechtsplatz und jeweils das südliche Ende von Luisen-, Mariannen- und Elisabethstraße.

„Ein großer Bereich.", stellte Simone fest.

„Lieber zu groß gefasst, als hinterher das Entscheidende ausgelassen zu haben.", murmelte Christiane. „Also, machen wir ein Brainstorming, welche Anschlagsziele aus diesem Bereich fallen uns ein? Das geht so ähnlich wie Outburst, Dennis, einfach losrufen, was dir einfällt. Und los!"

„Bahnhof - Stephanskirche - Albrechtplatz - Spielplatz - Blauer Engel - Buchmacher - Seidenweber - Bankgebäude - Evergreen - Gemeindehaus - Cafe Kandis - Grundschule - Schinkenplatz - Ball der einsamen Herzen - Dreikönigenhaus - Hollywoodkino - Tankstelle - Arbeitsamt ..."

Dennis waren längst die Ideen ausgegangen, er hielt sich einfach mehr in Elfrath oder Traar auf, als in der Innenstadt.

Simone und Christiane sahen sich an.

„Das Arbeitsamt", Christiane ließ sich den Gedanken auf der Zunge zergehen. „Passt das nicht hervorragend zu all dem Frust, den der Junge mit der Jobsuche schon gehabt hat?"

Sie blickte noch mal auf die Liste, die sie gerade in Windeseile zusammengeschrieben hatte. „Gut, das Kino ist sicher auch nach 1974 entstanden und die eine oder andere Bank auch. Aber ich glaube, das

Arbeitsamt macht am meisten Sinn. Wir leben in einer Zeit der Massenarbeitslosigkeit. Da wird später einmal kein Geschichtsbuch dran vorbeiführen."

Simone spann den Gedanken weiter „Wir leben auch in einer Zeit, in der die Banken mehr Macht haben, als sie haben sollten ... Andererseits zu welcher Zeit waren Geld und Macht nicht miteinander verbunden? Ich glaube auch, das Arbeitsamt, das isses."

Dennis schaute von einer zur anderen.

„He, Dennis, du wirst ein zweiter Sherlock Holmes!", lobte ihn Christiane. „Aber was machen wir jetzt mit dir? Wir sollten jetzt das Arbeitsamt im Auge behalten. Und wir wissen nicht, wie der Täter reagiert, wenn wir ihn festnehmen."

Dennis machte ein sehr enttäuschtes Gesicht. Simone und Christiane sahen sich an. Simone tat so, als würde sie in eine durchsichtige Weste schlüpfen. Christiane nickte. „O.K., Dennis, du bekommst eine kugelsichere Weste und du bleibst im Auto sitzen. Dann nehmen wir dich mit."

Simone organisierte die Westen. Christiane mobilisierte noch ein paar Kollegen in Zivil, denen sie ein Foto von Matthias Brooms zeigte und erklärte, worum es ging.

Möglicherweise würden sie eine Woche auf ihn warten müssen.

Die Beamten in Zivil fuhren schon einmal los, um das Auto ein Stück entfernt zu parken und dann einzeln zu verschiedenen Eingängen hineinzugehen ... Die zwei Frauen und Dennis fuhren später los, wobei sie sich jeweils mit Perücken ein wenig getarnt hatten, Dennis natürlich nicht, obwohl er auch dieses Opfer gebracht hätte, um nur dabei sein zu dürfen! Da Brooms ihn aber nicht kannte, war es nicht nötig, und so schnaufte er nur unter der Last der kugelsicheren Weste.

Er hatte eine unruhige Nacht hinter sich. Der klapprige VW-Bus, den er sich von seinem Geld noch hatte kaufen können, war noch ungewohnt und fremd. Am Morgen fühlte er sich etwas unterkühlt und nicht gerade ausgeruht.
Er fuhr nach Bockum ins Badezentrum und stellte sich dort erst einmal unter die heiße Dusche. Zu dieser Tageszeit ein paar Runden im Wasser zwischen rüstigen Rentnern zu drehen, war nicht gerade sein Fall. Aber er tat es, um nicht weiter aufzufallen. Neidisch sah er dabei zu dem Sportlehrer hinüber, der in der anderen Beckenhälfte Schwimmunterricht abhielt. Die Kinder strampelten eifrig mit den Beinen, während sie ein Styropor-Brett in den ausgestreckten Armen hielten.

Nach dem Schwimmen hatte er noch einmal warm geduscht und hatte sich dann ein Plätzchen gesucht, wo er den Bus hinstellen konnte, um in ihm zu arbeiten, ohne gestört oder gar beobachtet zu werden. Obwohl er es ja gewohnt war, in räumlicher Enge zu arbeiten, war dies nun noch schwieriger. Und so brauchte er für die nur halb vorbereitete Bombe länger, als er eigentlich gedacht hatte. Erst um kurz vor 15.00 Uhr war er fertig. Er zögerte. Sollte er die Aktion heute über's Knie brechen oder sollte er sie morgen ganz in Ruhe angehen? Nein, ab und an musste man sie auch einmal unvorbereitet einen Test schreiben lassen! Mal sehen, wie sie damit klar kämen! Er fuhr zum Arbeitsamt und parkte auf dem Parkplatz. Ohne sich auch nur eine Sekunde umzusehen, ging er auf den hinteren Eingang des Amtes zu.

Simone und Christiane waren noch nicht ausgestiegen.
Simone sah *ihn* zuerst. „Ich werd' verrückt, da ist er schon!"
„Die Plastiktüte sieht aber sehr verdächtig aus.", murmelte Christiane, dann benachrichtigte sie über Funk ihre Kollegen drinnen im Arbeitsamt.

Er öffnete die beiden Glastüren und stellte beim Eintreten erfreut fest, dass das Amt voller Menschen war. Alle Skrupel waren jetzt ver-

gessen. Er stellte sich erst einmal an den Rand,
wo Aschenbecher befestigt waren, um eine zu
rauchen. Er blickte dabei auf den tropischen
Baum in der Mitte. An seinem Fuß würde ein
guter Platz für die Bombe sein.
Ein junger Mann trat zu ihm und bat ihn um
Feuer. Er griff in die Jackentasche, um das
Feuerzeug hervorzuholen. In diesem Moment
verhafteten sie ihn. *Er sah, wie zwei Frauen durch*
den hinteren Eingang kamen. Hinter ihnen lief
noch ein etwa zehn Jahre alter Junge, der
merkwürdig schwerfällig und am Oberkörper dick
wirkte. Die Frauen zogen Perücken ab, und er
erkannte sie wieder. Er hörte nicht hin, als sie
ihm seine Rechte vortrugen. Er lächelte. Ja, ja ,
die beiden, das waren wirklich gute Schülerinnen.
Ihre Hausaufgaben hatten sie gründlich
gemacht. Es würde Spaß machen, mit ihnen im
nächsten Jahr den Nationalsozialismus durch-
zunehmen.

Die Bombe, die man bei Matthias Brooms fand,
hätte ausgereicht, um die Glaskuppel des
Arbeitsamtes bersten zu lassen ...

Vor Gericht wurde er von zwei Gutachtern für
schuldunfähig erklärt und in eine geschlossene
psychiatrische Klinik eingewiesen.

Dort gibt er den anderen Patienten, sofern sie fit genug dazu sind, Geschichtsunterricht. Hauptsächlich geht es dabei um Krefeld. Seine neuen Schüler kennen sich nun im „Krefeld von damals" und im „Krefeld von heute" besser aus, als in den Städten, aus denen sie gekommen sind.

Man weiß nicht genau, was in seinem Kopf vorgeht - nur, dass er zurück will in eine Schule der Seidenstadt.